赡养人类

刘慈欣 等 / 著

万卷出版有限责任公司
VOLUMES PUBLISHING COMPANY

图书在版编目（CIP）数据

赡养人类 / 刘慈欣等著. -- 沈阳：万卷出版有限
责任公司，2025．5． -- ISBN 978-7-5470-6732-1

Ⅰ. I247.7

中国国家版本馆CIP数据核字第20244PW916号

出 品 人：王维良
出版发行：万卷出版有限责任公司
　　　　　（地址：沈阳市和平区十一纬路29号　邮编：110003）
印 刷 者：河北鹏润印刷有限公司
经 销 者：全国新华书店
幅面尺寸：145mm×210mm
字　　数：180千字
印　　张：7
出版时间：2025年5月第1版
印刷时间：2025年5月第1次印刷
责任编辑：王　越　李京涛
责任校对：刘　璠
封面设计：平　平
版式设计：李英辉
ISBN 978-7-5470-6732-1
定　　价：48.00元
联系电话：024-23284090
传　　真：024-23284448

目录
Contents

赡养人类

刘慈欣

上

业务就是业务，无关其他。这是滑膛所遵循的原则，但这一次，客户却让他感到困惑。

首先客户的委托方式不对，他要与自己面谈，在这个行业中，这可是件很稀奇的事。三年前，滑膛听教官不止一次地说过，他们与客户，应该是前额与后脑勺的关系，永世不得见面，这当然是为了双方的利益考虑。见面的地点更令滑膛吃惊，是在这座大城市中最豪华的五星级酒店中最豪华的总统大厅，那可是世界上最不适合委托这种业务的地方。据对方透露，这次委托"加工"的"工件"有三个，这倒无所谓，再多些他也不在乎。

服务生拉开了总统大厅镶金的大门，滑膛在走进去前，不为人察觉地把手向夹克里探了一下，轻轻拉开了左腋下枪套的按扣儿。其实这没有必要，没人会在这种地方对他干太意外的事。

大厅金碧辉煌，仿佛是与外面现实毫无关系的另一个世界，巨型水晶吊灯就是这个世界的太阳，猩红色的地毯就是这个世界的草原。这里初看很空旷，但滑膛还是很快发现了人，他们围在大厅一角的两扇落地窗前，撩开厚重的窗帘向外面的天空看，滑膛扫了一眼，立刻数出竟有十三个人。客户是"他们"而不是"他"，也出乎滑膛的预料。教官说过，客户与他们还像地下情人——尽管可能有多个，但每次只能与他们中的一人接触。

滑膛知道他们在看什么：哥哥飞船又移到南半球上空了，现在可以清晰地看到。上帝文明离开地球已经三年了，那次来自宇宙的大规模造访，使人类对外星文明的心理承受能力增强了许多，况且，上帝文明有铺天盖地的两万多艘飞船，而这次到来的哥哥飞船只有一艘。它的形状也没有上帝文明的飞船那么奇特，只是一个两头圆的柱体，像是宇宙中的一粒感冒胶囊。

看到滑膛进来，那十三个人都离开窗子，回到了大厅中央的大圆桌旁。滑膛认出了他们中的大部分人，立刻感觉这间华丽的大厅变得寒碜了。这些人中最引人注目的是朱汉杨，他的华软集团的"东方3000"操作系统正在全球范围内取代老朽的WINDOWS。其他的人，也都在福布斯富豪榜的前五十名内，这些人每年的收益，加起来可能相当于一个中等发达国家的GDP。滑膛处于一个小型版的全球财富论坛中。

这些人与齿哥是绝对不一样的，滑膛暗想。齿哥是一夜的富豪，他们则是三代修成的贵族，虽然真正的时间远没有那么长，但他们确实是贵族。财富在他们这里已转化成内敛的高贵，就像朱汉杨手上的那枚钻戒，纤细精致，在他修长的手指上若隐若现，只是偶尔闪一下温润的柔光，但它的价值，也许能买几十个齿哥手指上那颗核桃大小金光四射的玩意儿。

但现在，这十三名高贵的财界精英聚在这里，却是要雇职业杀手杀人，而且要杀三个人，据首次联系的人说，这还只是第一批。

其实滑膛并没有去注意那枚钻戒，他看的是朱汉杨手上的那三张照片，那显然就是委托加工的工件了。朱汉杨起身越过圆桌，将三张照片推到他面前。

扫了一眼后，滑膛又有微微的挫败感。教官曾说过，对于自己开展业务的地区，要预先熟悉那些有可能被委托加工的工件，至少在这个大城市，滑膛做到了。

但照片上这三个人，滑膛是绝对不认识的。这三张照片显然是用长焦距镜头拍的，上面的脸孔蓬头垢面，与眼前这群高贵的人简直不是一个物种。细看后才发现，其中有一个是女性，还很年轻，与其他两人相比要整洁些，头发虽然落着尘土，但细心地梳过。她的眼神很特别，滑膛很注意人的眼神，他这个专业的人都这样。他平时看到的眼神分为两类——充满欲望焦虑的和麻木的，但这双眼睛充满少见的平静。滑膛的心微微动了一下，但转瞬即逝，像一缕随风飘散的轻雾。

"这桩业务，是社会财富液化委员会委托给你的，这里是委员会的全体常委，我是委员会的主席。"朱汉杨说。

社会财富液化委员会？奇怪的名字，滑膛只明白了它是一个由顶级富豪构成的组织，并没有去思考它名称的含义，他知道这是属于那类如果没有提示不可能想象出其真实含义的名称。

"他们的地址都在背面写着，不太固定，只是一个大概范围，你得去找，应该不难找到的。钱已经汇到你的账户上，先核实一下吧。"朱汉杨说。滑膛抬头看看他，发现他的眼神并不高贵，属于充满焦虑的那一类，但令他微微惊奇的是，其中的欲望已经无影无踪了。

滑膛拿出手机，查询了账户，数清了那串数字后面零的个数后，他冷冷地说："第一，不用这么多，按我的出价付就可以；第二，预付一半，完工后付清。"

"就这样吧。"朱汉杨不以为然地说。

滑膛按了一阵手机后说："已经把多余款项退回去了，您核实一下吧，先生，我们也有自己的职业准则。"

"其实，现在做这种业务的很多，我们看重的就是您的这种敬业和荣誉感。"许雪萍说。这女人的笑很动人，她是远源集团的总裁，远源是电力市场完全放开后诞生的亚洲最大的能源开发实体。

"这是第一批，请做得利索些。"海上石油巨头薛桐说。

"快冷却还是慢冷却？"滑膛同时加了一句，"需要的话我可以解释。"

"我们懂，这些无所谓，你看着做吧。"朱汉杨回答。

"验收方式？录像还是实物样本？"

"都不需要，你做完就行，我们自己验收。"

"我想就这些了吧？"

"是，您可以走了。"

滑膛走出酒店，看到巨厦间狭窄的天空中，哥哥飞船正在缓缓移过。飞船的体积大了许多，运行的速度也更快了，显然降低了轨道高度。它光滑的表面涌现着绚丽的花纹，那花纹在不断地缓缓变化，对看久了的人有一种催眠作用。其实，飞船表面什么都没有，只是一层全反射镜面，人们看到的花纹，只是地球变形的映象。滑膛觉得它像一块钝银，觉得它很美。他喜欢银，不喜欢金，银很静，很冷。

三年前，上帝文明在离去时告诉人类，他们共创造了六个地球，现在还有四个存在，都在距地球二百光年的范围内。上帝文明敦促地球人类全力发展技术，必须先去消灭那三个兄弟，免得他们来消灭自己。但这信息来得晚了。

那三个遥远地球世界中的一个——第一地球，在上帝船队走后不久就来到了太阳系，他们的飞船泊入地球轨道。他们的文明历史比太阳系人类长两倍，所以这个地球上的人类应该叫他们哥哥。

滑膛拿出手机，又看了一下账户中的金额。齿哥，我现在的钱和你一样多了，但总还是觉得少点什么；而你，总好像是认为自己已经得到了一切，所做的就是竭力避免失去它们……滑膛摇摇头，想把头脑中的影子甩掉，这时候想起齿哥，不吉利。

齿哥之名，源自他从不离身的一把锯，那锯薄而柔软，但极其锋利，锯柄是坚硬的海柳做的，有着美丽的浮世绘风格的花纹。他总是将锯像腰带似的绕在腰上，没事儿时取下来，拿一把提琴弓在锯背上拉动，借助于锯身不同宽度产生的音差，以及锯身适当的弯曲，居然能奏出音乐来。乐声飘忽不定，音色忧郁而阴森，像一个幽灵的呜咽。这把利锯的其他用途滑膛当然听说过，但只有一次看到过齿哥以第二种方式使用它。那是在一间旧仓库中的一场豪赌，一个叫半头砖的二老大输了个精光，连他父母的房子都输掉了，眼红得冒血，要把自己的两只胳膊押上翻本。

齿哥手中玩着骰子对他微笑了一下，说："胳膊不能押的，来日方长啊，没了手，以后咱们兄弟不就没法玩了吗？押腿吧。"于是，半头砖就把两条腿押上了。他再次输光后，齿哥当场就用那把锯把他的两条小腿齐膝锯了下来。滑膛清楚地记得利锯拉过肌腱和骨骼时的声音。当时齿哥一脚踩着半头砖的脖子，所以他的惨叫声发不出来，宽阔阴冷的大仓库中只回荡着锯条拉过骨肉的声音，像欢快的歌唱，在锯到膝盖的不同部分时呈现丰富的音色层次，雪白的骨末撒在鲜红的血泊上，形成的图案呈现一种妖艳的美。滑膛当时被这种美震撼了，他身上的每一个细胞都加入了锯和血肉的歌唱，这才叫生活！那天是他十八岁生日，绝好的成年礼。完事后，齿哥把心爱的锯擦了擦缠回腰间，指着两条断腿留下的血迹说："告诉砖儿，后半辈子我养活他。"

　　滑膛虽年轻，也是自幼随齿哥打天下的元老之一，见血的差事每月都有。当齿哥终于在血腥的社会阴沟里完成了原始积累，由黑道转向白道时，一直跟随着他的人都当上了副董事长、副总裁之类的，唯有滑膛只落得给齿哥当保镖。但知情的人都明白，这种信任非同小可。齿哥是个非常小心的人，这可能是出于他干爹的命运启示。齿哥的干爹也是非常小心的，用齿哥的话说，恨不得把自己用一块铁包起来。许多年都平安无事后，那次干爹乘飞机，带了两个最可靠的保镖，在一排座位上他坐在两个保镖中间。在珠海降落后，空姐发现这排座上的三个人没有起身，坐在那里若有所思的样子，接着发现他们的血已淌过了十多排座位。有许多根极细的长钢针从后排座位透过靠背穿过来，两个保镖每人的心脏都穿过了三根，至于干爹，足足被十四根钢针穿透，像一个被精心钉牢的蝴蝶标本。这十四肯定是有说头儿的，也许暗示着他不合规则吞下的一千四百万，也许是复仇者十四年的等待……与干爹一样，齿哥出道的征途，使得整个社会对于他来说，除了暗刃的森林就是陷阱的沼泽，他实际上是将自己的命交到了滑膛手上。

　　但很快，滑膛的地位就受到了老克的威胁。老克是俄罗斯人。那时，在富人中有一个时髦的做法——聘请前克格勃人员做保镖。这十分值得炫耀。齿哥周围的人叫不惯那个拗口的俄罗斯名，就叫这人克格勃，时间一长就叫老克了。其实，老克与克格勃没什么关系，真正的前克格勃机构中，大部分人不过是坐办公室的文职人员，即使是那些处于机密战线最前沿的，对安全保卫也都是外行。老克是前苏共中央警卫局的保卫人员，葛罗米柯的警卫之一，是这个领域名副其实的精英，而齿哥以相当于公司副董事长的高薪聘请他，完全不是为了炫耀，真的是出于对自身安全的考虑。老克一出现，立刻显示了他与普通保镖的不同。那些富豪的保镖们，在饭桌上比他们的雇主还能吃能喝，还喜欢在主人谈生意时乱插嘴，真正出现危险情况时，他们要么像街头打群架那样胡来，要么溜得比主人还快。而老克，不论在宴席还是谈判时，都静静地站在齿哥身后，他那魁梧的身躯像一堵厚实坚固的墙，随时准备挡开一切威胁。老克并没有机会遇到威胁他保护对象的危险情况，但他的敬业和专业使人们都相信，一旦那种情况出现时，他将是绝对称职的。虽然与别的保镖相比，滑膛更敬业一些，也没有那些毛病，但他从老克身上看到了自己的差距。过了好长时间他才知道，老克不分昼夜地戴着墨镜，并非扮酷，而是为了掩藏自己的视线。

虽然老克的汉语学得很快，但他和包括自己雇主在内的周围人都没什么交往，直到有一天，他突然把滑膛请到自己简朴的房间里，给滑膛和自己倒上一杯伏特加后，用生硬的汉语说：

"我，想教你说话。"

"说话？"

"说外国话。"

于是，滑膛就跟老克学外国话，几天后他才知道老克教自己的不是俄语而是英语。滑膛也学得很快，当他们能用英语和汉语交流后，有一天老克对滑膛说："你和别人不一样。"

"这我也感觉到了。"滑膛点点头。

"三十年的职业经验，使我能够从人群中准确地识别出具有那种潜质的人，这种人很稀少，但你就是，看到你第一眼时我就打了个寒战。冷血一下并不难，但冷下去的血再温不起来就很难了，你会成为这一行的精英，可别埋没了自己。"

"我能做什么呢？"

"先去留学。"

齿哥听到老克的建议后，倒是满口答应并许诺费用的事他完全负责。其实，有了老克后，他一直想摆脱滑膛，但公司中又没有空位子了。

于是，在一个冬夜，一架喷气式客机载着这个自幼失去父母，从最底层黑社会中成长起来的孩子，飞向遥远的陌生国度。

开着一辆很旧的桑塔纳，滑膛按照片上的地址去踩点儿。他首先去的是春花广场，没费多少劲儿就找到了照片上的人，那个流浪汉正在垃圾桶中翻找着，然后提着一个鼓鼓的垃圾袋走到一个长椅处。他的收获颇丰：一盒几乎没怎么动的盒饭，还是菜饭分放的那种大盒；一根只咬了一口的火腿肠；几块基本完好的面包；大半瓶可乐。滑膛本以为流浪汉会用手抓着盒饭吃，却看到他从脏大衣口袋中掏出了一个小铝勺。他慢慢地吃完晚餐，把剩下的东西又扔回垃圾桶中。滑膛四下看看，广场四周华灯初上，他很熟悉这里，但现在觉得有些异样。很快，他弄明白了这个流浪汉能轻易填饱肚子的原因。这里原是城市流浪者聚集的地方，但现在他们都不见了，只剩下他的这个目标。他们去哪里了？都被委托加工了吗？滑膛接着找到了第二张照片上的地址。在城市边缘一座交通桥的桥孔下，有一个用废瓦楞纸和纸箱搭起来的窝棚，里面透出昏黄的灯光。滑膛将窝棚的破门小心地推开一道缝，探进头去，出乎意料地，他竟进入了一个色彩斑斓的世界。原来，窝棚里挂满了大小不一的油画，形成了另一层墙壁。顺着一团烟雾，滑膛看到了那个流浪画家，他像一头冬眠的熊一般躺在一个破画架下，头发很长，穿着一件涂满油彩的、像长袍般肥大的破 T 恤衫，抽着五毛一盒的玉蝶烟。他的眼睛在自己的作品间游移，目光充满了惊奇和迷惘，仿佛他才是第一次到这里来的人，他的大部分时光大概都是在这种对自己作品的迷恋中度过的。这种穷困潦倒的画家在 20 世纪 90 年代曾有过很多，但现在不多见了。

"没关系，进来吧。"画家说，眼睛仍扫视着那些画，没朝门口看一眼。听他的口气，就像这里是一座帝王宫殿似的。在滑膛走进来之后，他又问："喜欢我的画吗？"

滑膛四下看了看，发现大部分的画只是一堆零乱的色彩，就是随意将油彩泼到画布上都比它们显得有条理性。但有几幅画面却很写实,滑膛的目光很快被其中的一幅吸引了:占满整幅画面的是一片干裂的黄土地,从裂缝间伸出几枝干枯的植物,仿佛已经枯死了几个世纪,而在这个世界上,水也似乎从来就没有存在过。在这干旱的土地上,放着一个骷髅头,它也干得发白,表面布满裂纹,但从它的口洞和一个眼窝中,居然长出了两株活生生的绿色植物。它们青翠欲滴,与周围的酷旱和死亡形成鲜明对比,其中一株植物的顶部,还开着一朵娇艳的小花。这个骷髅头的另一个眼窝中,有一只活着的眼睛,清澈的眸子瞪着天空,目光就像画家的眼睛一样,充满惊奇和迷惘。

"我喜欢这幅。"滑膛指指那幅画说。

"这是《贫瘠》系列之二,你买吗?"

"多少钱?"

"看着给吧。"

滑膛掏出皮夹,将里面所有的百元钞票都取了出来,递给画家,但后者只从中抽了两张。

"只值这么多,画是你的了。"

滑膛发动了车子,然后拿起第三张照片看上面的地址,旋即将车熄了火,因为这个地方就在桥旁边,是这座城市最大的垃圾场。滑膛取出望远镜,透过挡风玻璃从垃圾场上那一群拾荒者中寻找着目标。

这座大都市中的拾荒者有三十万人,已形成了一个阶层。他们内部也有分明的等级,最高等级的拾荒者能够进入高档别墅区，在那里如艺术雕塑般精致的垃圾桶中，每天都能拾到衬衣、袜子和床单，这些东西在这里是一次性用品；垃圾桶中还常常出现只有轻微损坏的高档皮鞋和腰带，以及只抽了三分之一的哈瓦纳雪茄和只吃了一角的高级巧克力……但进入这里捡垃圾要重金贿赂社区保安，所以能来的只是少数人，他们是拾荒者中的贵族。拾荒者的中间阶层都集中在城市中众多的垃圾中转站里，那是城市垃圾的第一次集中地。在那里，垃圾中最值钱的部分，废旧电器、金属、完整的纸制品、废弃的医疗器械、被丢弃的过期药品等，都被捡拾得差不多了。那里也不是随便就能进去的，每个垃圾中转站都是某个垃圾把头控制的地盘，其他拾荒者擅自进入，轻则被暴打一顿赶走，重则可能丢了命。

经过中转站被送往城市外面的大型堆放和填埋场的垃圾已经没有多少"营养"了，但靠它生存的人数量最多，他们是拾荒者中的最底层，就是滑膛现在看到的这些人。留给这些最底层拾荒者的，都是不值钱又回收困难的碎塑料、碎纸等，再就是垃圾中的腐烂食品，可以以每公斤一分钱的价格卖给附近的农民当猪饲料。在不远处，大都市如一块璀璨的巨大宝石闪烁着，它的光芒传到这里，给恶臭的垃圾山镀上了一层变幻的光晕。其实，就是从拾到的东西中，拾荒者们也能体会到那不远处大都市的奢华：在他们收集到的腐烂食品中，常常能依稀认出只吃了四条腿的烤乳猪、只动了一筷子的石斑鱼、完整的鸡……最近，整只乌骨鸡多了起来，这源自一道刚时兴的名叫"乌鸡白玉"的菜。这道菜是把豆腐放进乌骨鸡的肚子里炖出来的，真正的菜就是那几片豆腐，鸡虽然美味但只是包装，如果不知道吃了，就如同吃粽子连粽叶一起吃一样，会成为有品位的食客的笑柄……

这时，当天最后一趟运垃圾的环卫车来了，当自卸车厢倾斜着升起时，一群拾荒者迎着山崩似的垃圾冲上来，很快在飞扬的尘土中与垃圾山融为一体。这些人似乎完成了新的进化，垃圾山的恶臭、毒菌和灰尘对他们都不再产生影响。当然，这是只看到他们如何生存而没见到他们如何死亡的普通人产生的印象，正像普通人平时见不到虫子和老鼠的尸体，因而也不关心它们如何死去一样。事实上，这个大垃圾场多次发现拾荒者的尸体，他们静悄悄地死在这里，然后被新的垃圾掩埋了。

在场边一盏泛光灯昏暗的灯光中，拾荒者们只是一片灰尘中模糊的影子，但滑膛还是很快在他们中发现了自己寻找的目标。这么快找到她，滑膛除了借助自己锐利的目光外，还有一个原因：与春花广场上的流浪者一样，今天垃圾场上的拾荒者人数明显减少了，这是为什么？滑膛在望远镜中观察着目标，她初看上去与其他的拾荒者没有太大区别，腰间束着一根绳子，手里拿着大编织袋和顶端装着耙勺的长杆，只是她比别人瘦弱，挤不到前面去，只能在其他拾荒者的圈外捡拾着，她翻找的，已经是垃圾中的垃圾了。

滑膛放下望远镜，沉思片刻，轻轻摇了摇头。世界上最离奇的事正在他的眼前发生：一个城市流浪者，一个穷得居无定所的画家，加上一个靠拾垃圾为生的女孩子，这三个世界上最贫穷最弱势的人，有可能在什么地方威胁到那些处于世界财富之巅的超级财阀们呢？这种威胁甚至迫使他们雇用杀手置之于死地？！

车后座上放着那幅《贫瘠》系列之二，骷髅头上的那只眼睛在黑暗中凝视着滑膛，如芒刺在背。

垃圾场那边发出了一阵惊叫声，滑膛看到，车外的世界笼罩在一片蓝光中。蓝光来自东方地平线，那里，一轮蓝太阳正在快速升起，那是运行到南半球的哥哥飞船。飞船一般是不发光的，晚上，自身反射的阳光使它看上去像一轮小月亮，但有时它也会突然发出照亮整个世界的蓝光，这总是令人们陷入莫名的恐惧之中。这一次飞船发出的光比以往都亮，可能是轨道更低的缘故。蓝太阳从城市后面升起，使高楼群的影子一直拖到这里，像一群巨人的手臂，但随着飞船的快速上升，影子渐渐缩了回去。

在哥哥飞船的光芒中，垃圾场上那个拾荒女孩的面容更清楚了，滑膛再次举起望远镜，证实了自己刚才的观察——就是她。她蹲在那里，编织袋放在膝头，仰望的眼睛中掠过一丝惊恐，但更多的还是他在照片上看到的平静。滑膛的心又动了一下，但像上次一样，这触动转瞬即逝，他知道这涟漪来自心灵深处的某个地方，并为再次失去它而懊恼。

飞船很快划过长空，在西方地平线落下，在西天留下了一片诡异的蓝色晚霞。然后，一切又没入昏暗的夜色中，远方的城市之光又灿烂起来。滑膛的思绪又回到那个谜上来：世界上最富有的十三个人要杀死最穷的三个人，这不是一般的荒唐，这真是对他的想象力最大的挑战。但思路没走多远就猛地刹住，滑膛自责地拍了一下方向盘，他突然想到自己已经违反了这个行业的最高精神准则，校长的那句话浮现在他的脑海中，这是行业的座右铭——瞄准谁，与枪无关。

现在，滑膛也不知道自己是在哪个国家留学的，更不知道那所学校的确切位置。他只知道飞机降落的第一站是莫斯科，那里有人接他，那人的英语没有一点儿俄国口音。他被要求戴上一副不透明的墨镜，伪装成一个盲人，此后的旅程都是在黑暗中度过的。又坐了三个多小时的飞机，再坐一天的汽车，才到达学校，这时是否还在俄罗斯境内，滑膛真的说不准了。

学校地处深山，围在高墙中，学生在毕业之前绝对不准外出。被允许摘下眼镜后，滑膛发现学校的建筑明显地分为两大类：一类是灰色的，外形毫无特点；另一类的色彩和形状都很奇特。他很快知道，后一类建筑实际上是一堆巨型积木，可以组合成各种形状，以模拟变化万千的射击环境。整所学校，基本上就是一个设施精良的大靶场。

开学典礼是全体学生唯一的一次集合，他们的人数刚过四百。校长一头银发，一副令人肃然起敬的古典学者风度，他讲了如下一番话："同学们,在以后的四年中,你们将学习一个我们永远不会讲出其名称的行业所需的专业知识和技能,这是人类最古老的行业之一,同样会有光辉的未来。从小处讲,它能够为做出最后选择的客户解决只有我们才能解决的问题;从大处讲,它能够改变历史。

"曾有不同的政治组织出高价委托我们训练游击队员,我们拒绝了。我们只培养独立的专业人员,是的,独立,除钱以外独立于一切。从今以后,你们要把自己当成一支枪,你们的责任,就是实现枪的功能,在这个过程中展现枪的美感,至于瞄准谁,与枪无关。A持枪射击B,B又夺过同一支枪射击A,枪应该对这每一次射击一视同仁,都以最高的质量完成操作,这是我们最基本的职业道德。"

在开学典礼上,滑膛还学会了几个最常用的术语:该行业的基本操作叫加工,操作的对象叫工件,死亡叫冷却。

学校分L、M和S三个专业,分别代表长、中、短三种距离。

L专业是最神秘的,学费高昂,学生人数很少,且基本不和其他专业的人交往,滑膛的教官也劝他们离L专业的人远些:"他们是行业中的贵族,是最有可能改变历史的人。"L专业的知识海量,学生使用的狙击步枪价值几十万美元,装配起来有两米多长。专业的加工距离均超过一千米,据说最长可达到三千米!一千五百米以上的加工操作是一项复杂的工程,其中的前期工作之一就是沿射程按一定间距放置一系列的"风铃"。

这是一种精巧的微型测风仪，它可将监测值以无线发回，显示在射手的眼镜显示器上，以便他掌握射程不同阶段的风速和风向。

M 专业的加工距离在十米至三百米之间，是最传统的专业，学生也最多，他们一般使用普通制式步枪。M 专业的应用面最广，但也是平淡和缺少传奇的。

滑膛学的是 S 专业，加工距离在十米以内，对武器要求最低，一般使用手枪，甚至还可能使用冷兵器。在三个专业中，S 专业无疑是最危险的，但也是最浪漫的。

校长就是这个专业的大师，亲自为 S 专业授课，他首先开的课程竟然是——英语文学。

"你们首先要明白 S 专业的价值。"看着迷惑的学生们，校长庄重地说，"在 L 和 M 专业中，工件与加工者是不见面的，工件都是在不知情的状态下被加工并冷却的，这对他们当然是一种幸运，但对客户却不是。相当一部分客户，需要让工件在冷却之前得知他们被谁、为什么委托加工的，这就要由我们来告知工件。这时，我们已经不是自己，而是客户的化身，我们要把客户传达的最后信息向工件庄严完美地表达出来，让工件在冷却前受到最大的心灵震慑和煎熬，这就是 S 专业的浪漫和美感之所在。工件冷却前那恐惧绝望的眼神，将是我们工作最大的精神享受。但要做到这些，就需要我们具有相当的表达能力和文学素养。"

于是，滑膛学了一年的文学。他读荷马史诗，背莎士比亚，读了很多经典和现代名著。滑膛感觉这一年是自己留学生涯中最有收获的一年，因为后面学的那些东西他以前多少都知道一些，以后迟早也能学到，但深入地接触文学，这是他唯一的机会。通过文学，他重新认识了人，惊叹人原来是那么一件精致而复杂的东西。以前杀人，他的感觉只是打碎盛着红色液体的粗糙陶罐，现在惊喜地发现自己击碎的原来是精美绝伦的玉器，这更增加了他杀戮的快感。

　　接下来的课程是人体解剖学。与其他两个专业相比，S专业的另一大优势是可以控制被加工后的工件冷却到环境温度的时间，术语叫快冷却和慢冷却。很多客户是要求慢冷却的，冷却的过程还要录像，以供他们珍藏和欣赏。当然，这需要很高超的技术和丰富的经验，人体解剖学当然也是不可缺少的知识。

　　然后，真正的专业课才开始。

　　垃圾场上拾荒的人渐渐走散，只剩下包括目标在内的几个人。滑膛当即决定，今晚就把这个工件加工了。按行业惯例，一般在勘察时是不动手的，但也有例外，合适的加工时机会稍纵即逝。

　　滑膛将车开离桥下，经过一阵颠簸后在垃圾场边的一条小路旁停下，因为他观察到这是拾荒者离开垃圾场的必经之路。这里很黑，只能隐约看到荒草在夜风中摇曳的影子，是很合适的加工地点，他决定在这里等着工件。

滑膛抽出枪，轻轻放在驾驶台上。这是一支外形粗陋的左轮，7.6毫米口径，可以用大黑星的子弹，按其形状，他叫它"大鼻子"，是没有牌子的私造枪，他从西双版纳的一个黑市上花三千元买到的。枪虽然外形丑陋，但材料很好，且各个部件的结构都加工正确，最大的缺陷就是最难加工的膛线没有做出来，枪管内壁光光的。滑膛本就拥有名牌好枪——他初做保镖时，齿哥给他配了一支三十二发的短乌齐，后来，又将一支77式当作生日礼物送给他，但这两支枪都被他压到箱子底，从来没带过。他只喜欢大鼻子。现在，它在城市的光晕中冷冷地闪光，将滑膛的思绪又带回了学校的岁月。

专业课开课的第一天，校长要求每个学生展示自己的武器。当滑膛将大鼻子放到那一排精致的高级手枪中时，很是不好意思。但校长却拿起它把玩着，由衷地赞赏道："好东西。"

"连膛线都没有，消声器也拧不上。"一名学生不屑地说。

"S专业对准确性和射程要求最低，膛线并不重要；消声器嘛，垫个小枕头不就行了？孩子，别让自己变得匠气了。在大师手中，这把枪能产生出你们这堆昂贵的玩意儿产生不了的艺术效果。"

校长说得对，由于没有膛线，大鼻子射出的子弹在飞行时会翻跟头，在空气中发出正常子弹所没有的令人恐惧的尖啸，在射入工件后仍会持续旋转，像一柄锋利的旋转刀片，切碎沿途的一切。

"我们以后就叫你滑膛吧！"校长将枪递还给滑膛时说，"好好掌握它，孩子，看来你得学飞刀了。"滑膛立刻明白了校长的话：专业飞刀是握着刀尖出刀的，这样才能在旋转中产生更大的穿刺动量，这就需要在到达目标时刀尖正好旋转到前方。校长希望滑膛像掌握飞刀那样掌握大鼻子射出的子弹！这样一来，就可以使子弹在工件上的创口产生丰富多彩的变化。经过长达两年的苦练，消耗了近三万发子弹，滑膛竟真的练成了这种在学校最优秀的射击教官看来都不可能实现的技巧。

滑膛的留学经历与大鼻子是分不开的。在第四学年，他认识了同专业的一个名叫火的女生，她的名字也许来自那头红发。这里当然不可能知道她的国籍，滑膛猜测她可能来自西欧。这里为数不多的女生，几乎个个都是天生的神枪手，但火的枪打得很糟，匕首根本不会用，真不知道她以前是靠什么吃饭的。但在一次勒杀课程中，她从自己手上那枚精致的戒指中抽出一根肉眼看不见的细线，熟练地套到用作教具的山羊脖子上，那根如利刃般的细线竟将山羊的头齐齐地切了下来。据火介绍，这是一段纳米丝，这种超高强度的材料未来可能被用来建造太空电梯。

火对滑膛没什么真爱可言，那种东西也不可能在这里出现。她同时还与外系一个名叫黑冰狼的北欧男生交往，并在滑膛和黑冰狼之间像斗蛐蛐似的反复挑逗，企图引起一场流血争斗，以便为枯燥的学习生活带来一点儿消遣。她很快成功了，两个男人决定以俄罗斯轮盘赌的形式决斗。这天深夜，全班同学将靶场上的巨型积木摆放成罗马斗兽场的形状，决斗就在斗兽场中央进行，使用的武器是大鼻子。火做裁判，她优雅地将一颗子弹塞进大鼻子的空弹仓，然后握住枪管，将弹仓在她那如常春藤般的玉臂上来回滚动了十几次，然后，两个男人谦让了一番，火微笑着将大鼻子递给滑膛。滑膛缓缓举起枪，当冰凉的枪口触到太阳穴时，一种前所未有的空虚和孤独向他袭来，他感到无形的寒风吹透了世界万物，漆黑的宇宙中只有自己的心是热的。一横心，他连扣了五下扳机，击锤点了五下头，弹仓转动了五下，枪没响。咔咔咔咔咔，这五声清脆的金属声敲响了黑冰狼的丧钟。全班同学欢呼起来，火更是快活得流出了眼泪，对着滑膛高呼她是他的了。这中间笑得最轻松的是黑冰狼，他对滑膛点点头，由衷地说："东方人，这是自柯尔特以来最精彩的赌局了。"他然后转向火，"没关系亲爱的，人生于我，一场豪赌而已。"说完，他抓起大鼻子对准自己的太阳穴，一声有力的闷响，血花和碎骨片溅得很潇洒。

之后不久，滑膛就毕业了，他又戴上了那副来时戴的眼镜离开了这所没有名称的学校，回到了他长大的地方。他再也没有听到过学校的一丝消息，仿佛它从来就没有存在过似的。

回到外部世界后，滑膛才听说世界上发生的一件大事：上帝文明来了，想要接受其培植的人类的赡养，但在地球的生活并不如意，他们只待了一年多时间就离去了，那两万多艘飞船已经消失在茫茫宇宙中。

回来后刚下飞机，滑膛就接到了一桩加工业务。

齿哥热情地欢迎滑膛归来，摆上了豪华的接风宴，滑膛要求和齿哥单独待在宴席上，他说自己有好多心里话要说。其他人离开后，滑膛对齿哥说："我是在您身边长大的，从内心里，我一直没把您当大哥，而是当成亲父亲。您说，我应当去干所学的这个专业吗？就一句话，我听您的。"

齿哥亲切地扶着滑膛的肩膀说："只要你喜欢，就干嘛，我看得出来你是喜欢的，别管白道黑道，都是道嘛，有出息的人，哪条道上都能出息。

"好，我听您的。"

滑膛说完，抽出手枪对着齿哥的肚子就是一枪，飞旋的子弹以恰到好处的角度划开一道横贯齿哥腹部的大口子，然后穿进地板中。齿哥透过烟雾看着滑膛，眼中的震惊只是一掠而过，随之而来的是恍然大悟后的麻木,他对着滑膛笑了一下,点点头。

"已经出息了，小子。"齿哥吐着血沫说完，软软地倒在地上。

滑膛接的这桩业务是一小时慢冷却，但不录像，客户信得过他。滑膛倒上一杯酒，冷静地看着地上血泊中的齿哥。

滑膛说把齿哥当成亲父亲是真心话。在他五岁时的一个雨天，输红了眼的父亲逼着母亲把家里全部的存折都拿出来，母亲不从，便被父亲殴打致死，滑膛因阻拦也被打断鼻梁骨和一条胳膊，随后父亲便消失在雨中。后来滑膛多方查找也没有消息，如果找到，他也会让其享受一次慢冷却的。

事后，滑膛听说老克将自己的全部薪金都退给了齿哥的家人，返回了俄罗斯。他走前说，送滑膛去留学那天，他就知道齿哥会死在他手里，齿哥的一生是刀尖上走过来的，却不懂得一个纯正的杀手是什么样的人。

垃圾场上的拾荒者一个接一个离开了，只剩下目标一人还在那里埋头刨找着，她力气小，垃圾来时抢不到好位置，只能借助更长时间的劳作来弥补了。这样一来，滑膛就没有必要等在这里了，于是他拿起大鼻子塞到夹克口袋中，走下了车，径直朝垃圾中的目标走去。

他脚下的垃圾软软的，还有一股温热，他仿佛踏在一只巨兽的身上。当距目标四五米时，滑膛抽出了握枪的手……

这时，一阵蓝光从东方射过来，哥哥飞船已绕地球一周，又转到了南半球，仍发着光。这突然升起的蓝太阳同时吸引了两人的目光，他们都盯着蓝太阳看了一会儿，然后互相看了对方一眼，当两人的目光相遇时，滑膛身上发生了一名职业杀手绝对不会发生的事——手中的枪差点儿滑落了！震撼令他一时感觉不到手中枪的存在，他几乎失声叫出："果儿！"但滑膛知道她不是果儿，十四年前，果儿就在他面前痛苦地死去了。但果儿在他心中一直活着，一直在成长，他常在梦中见到已经长成大姑娘的果儿，就是眼前她这样儿。

齿哥早年一直在做着他永远不会对后人提起的买卖：他从人贩子手中买下一批残疾孩子，将他们放到城市中去乞讨。那时，人们的同情心还没有疲劳，这些孩子收益颇丰，齿哥就是借此完成了自己的原始积累。

一次，滑膛跟着齿哥去一个人贩子那里接收新的一批残疾孩子。到那个旧仓库后，他们看到有五个孩子，其中的四个是先天性畸形，但另一个小女孩却是完全正常的。那女孩就是果儿，她当时六岁，长得很可爱，大眼睛水灵灵的，同旁边的畸形儿形成鲜明对比。她当时就用这双后来滑膛一想起来就心碎的大眼睛看看这个、看看那个，全然不知等待着自己的是怎样的命运。

"这些就是了。"人贩子指指那四个畸形儿说。

"不是说好五个吗？"齿哥问。

"车厢里闷，有一个在路上完了。"

"那这个呢？"齿哥指指果儿。

"这不是卖给你的。"

"我要了，就按这些的价儿。"齿哥用一种不容商量的语气说。

"可……她好端端的，你怎么拿她挣钱？"

"死心眼儿，加工一下不就得了？"

齿哥说着，解下腰间的利锯，朝果儿滑嫩的小腿上划了一下，划出了一道贯穿小腿的长口子，鲜血在果儿的惨叫声中涌了出来。

　　"给她裹裹，止住血，但别上消炎药，要烂开才好。"齿哥对滑膛说。

　　滑膛于是给果儿包扎伤口，血浸透了好几层纱布，直流得果儿脸色惨白。滑膛背着齿哥，还是给果儿吃了些利菌沙和抗菌优之类的消炎药，但是没有用，果儿的伤口还是发炎了。

　　两天以后，齿哥就打发果儿上街乞讨，果儿可爱而虚弱的小样儿、她的伤腿，都立刻产生了超出齿哥预期的效果，头一天就挣了三千多块。以后的一个星期里，果儿挣的钱每天都不少于两千块，最多的一次，一对外国夫妇一下子就给了四百美元。但果儿每天得到的只是一盒发馊的盒饭，这倒也不全是由于齿哥吝啬，他要的就是孩子挨饿的样子。滑膛只能在暗中给她些吃的。

　　一天傍晚，他上果儿乞讨的地方去接她回去，小女孩附在他的耳边悄悄地说："哥，我的腿不疼了呢。"一副高兴的样子。在滑膛的记忆中，这是他除母亲惨死外唯一的一次流泪。果儿的腿是不疼了，那是因为神经都已经坏死，整条腿都发黑了，她已经发了两天的高烧。滑膛再也顾不得齿哥的禁令，抱着果儿去了医院，医生说已经晚了，孩子血液中毒。第二天深夜，果儿在高烧中去了。

　　从此以后，滑膛的血变冷了，而且像老克说的那样，再也没有温起来。杀人成了他的一项嗜好，比吸毒更上瘾，他热衷于打碎那一个个叫作人的精致器皿，看着它们盛装的红色液体流出来，冷却到与环境相同的温度，这才是它们的真相，以前那些红色液体里的热度，都是伪装。

完全是下意识地，滑膛以最高的分辨率真切地记下了果儿小腿上那道长伤口的形状，后来在齿哥腹部划出的那一道，就是它精确的拷贝。

拾荒女站起身，背起那个对她来说显得很大的编织袋慢慢走远。她显然并非因滑膛的到来而走，她没注意到他手里拿的是什么，也不会想到这个穿着体面的人的到来与自己有什么关系，她只是该走了。哥哥飞船在西天落下，滑膛一动不动地站在垃圾中，看着她的身影消失在短暂的蓝色黄昏里。

滑膛把枪插回枪套，拿出手机拨通了朱汉杨的电话："我想见你们，有事要问。"

"明天九点，老地方。"朱汉杨简洁地回答，好像早就预料到了这一切。

走进总统大厅，滑膛发现社会财富液化委员会的十三个常委都在，他们将严肃的目光聚集在他身上。

"请提你的问题。"朱汉杨说。

"为什么要杀这三个人？"滑膛问。

"你违反了自己行业的职业道德。"朱汉杨用一个精致的雪茄剪剪开一根雪茄的头儿，不动声色地说。

"是的，我会让自己付出代价的，但必须清楚原因，否则这桩业务无法进行。"

朱汉杨用一根长火柴转着圈点着雪茄，缓缓地点点头："现在我不得不认为，你只接针对有产阶级的业务。这样看来，你并不是一个真正的职业杀手，只是一名进行狭隘阶级报复的凶手，一名警方正在全力搜捕的、三年内杀了四十一个人的杀人狂，你的职业声望将从此一败涂地。"

"你现在就可以报警。"滑膛平静地说。

"这桩业务是不是涉及了你的某些个人经历？"许雪萍问。

滑膛不得不佩服她的洞察力，他没有回答，默认了。

"因为那个女人？"

滑膛沉默着，对话已超出了合适的范围。

下

"好吧，"朱汉杨缓缓吐出一口白烟，"这桩业务很重要，我们在短时间内也找不到更合适的人，只能答应你的条件，告诉你原因，一个你做梦都想不到的原因。我们这些社会上最富有的人，却要杀掉社会上最贫穷最弱势的人，这使我们现在在你的眼中成了不可理喻的变态恶魔，在说明原因之前，我们首先要纠正你的这个印象。"

"我对黑与白不感兴趣。"

"可事实已证明不是这样，好，跟我们来吧。"朱汉杨将只抽了一口的整根雪茄扔下，起身向外走去。

滑膛同社会财富液化委员会的全体常委一起走出酒店。

这时，天空中又出现了异常，大街上的人们都在紧张地抬头仰望。哥哥飞船正在低轨道上掠过，由于初升太阳的照射，它在晴朗的天空上显得格外清晰。飞船沿着运行的轨道，撒下一颗颗银亮的星星，那些星星等距离排列，已在飞船后面形成了一条穿过整个天空的长线，而哥哥飞船本身的长度已经明显缩短了，它释放出星星的一头变得参差不齐，像折断的木棒。滑膛早就从新闻中得知，哥哥飞船是由上千艘子船组成的巨大组合体，现在，这个组合体显然正在分裂为子船船队。

"大家注意了！"朱汉杨挥手对常委们大声说，"你们都看到了，事态正在发展，时间可能不多了，我们工作的步伐要加快，各小组立刻分头到自己分管的液化区域，继续昨天的工作。"

说完，他和许雪萍上了一辆车，并招呼滑膛也上来。

滑膛这才发现，酒店外面等着的，不是这些富豪们平时乘坐的豪华车，而是一排五十铃客货车。

"为了多拉些东西。"许雪萍看出了滑膛的疑惑，对他解释说。滑膛看看后面的车厢，里面整齐地装满了一模一样的黑色小手提箱，那些小箱子看上去相当精致，估计有上百个。

没有司机，朱汉杨亲自开车驶上了大街。车很快拐上了一条林荫道，然后放慢了速度，滑膛发现原来朱汉杨在跟着路边的一个行人慢开，那人是个流浪汉。这个时代流浪汉的衣着不一定褴褛，但还是一眼就能看出来。流浪汉的腰上挂着一个塑料袋，每走一步袋里的东西就叮当响一下。

滑膛知道，昨天他看到的那个流浪者和拾荒者大量减少的谜底就要揭开了。但他不相信朱汉杨和许雪萍敢在这个地方杀人，他们多半是先将目标骗上车，然后带到什么地方除掉。按他们的身份，用不着亲自干这种事，也许只是为了向滑膛示范？滑膛不打算干涉他们，但也绝不会帮他们，他只管合同内的业务。

流浪汉显然没觉察到这辆车的慢行与自己有什么关系，直到许雪萍叫住了他。

"你好！"许雪萍摇下车窗说。流浪汉站住，转头看着她，脸上覆盖着这个阶层的人独有的那种厚厚的麻木，"有地方住吗？"许雪萍微笑着问。

"夏天哪儿都能住。"流浪汉说。

"冬天呢？"

"暖气道，有的厕所也挺暖和。"

"你这样过了多长时间了？"

"我记不清了，反正征地款花完后就进了城，之后就这样了。"

"想不想在城里有套三室一厅的房子，有个家？"

流浪汉麻木地看着女富豪，没听懂她的话。

"识字吗？"许雪萍问，流浪汉点点头后，她向前一指，"看那边——"那里有一幅巨大的广告牌，在上面，青翠绿地上点缀着乳白色的楼群，像一处世外桃源，"那是一个商品房广告。"流浪汉扭头看看广告牌，又看看许雪萍，显然不知道那与自己有什么关系，"好，现在你从我车上拿一个箱子。"

流浪汉走到车厢处拎了一个小提箱走过来，许雪萍指着箱子对他说："这里面是一百万元人民币，用其中的五十万你就可以买一套那样的房子，剩下的留着过日子吧。当然，如果你花不了，也可以像我们这样把一部分送给更穷的人。"

流浪汉眼睛转转，捧着箱子仍面无表情，对于被愚弄，他很漠然。

"打开看看。"

流浪汉用黑乎乎的手笨拙地打开箱子，刚开一条缝就啪的一声合上了，他脸上那冰冻三尺的麻木终于被击碎，一脸震惊，像见了鬼。

"有身份证吗？"朱汉杨问。

流浪汉下意识地点点头，同时把箱子拎得尽量离自己远些，仿佛它是一颗炸弹。

"去银行存了，用起来方便一些。"

"你们……要我干啥？"流浪汉问。

"只要你答应一件事——外星人就要来了，如果他们问起你，你就说自己有这么多钱。就这一个要求，你能保证这样做吗？"

流浪汉点点头。

许雪萍走下车，冲流浪汉深深鞠躬："谢谢。"

"谢谢。"朱汉杨也在车里说。

最令滑膛震惊的是，他们表达谢意时看上去是真诚的。

车开了，将刚刚诞生的百万富翁丢在后面。前行不远，车在一个转弯处停下了，滑膛看到路边蹲着三个找活儿的外来装修工，他们每人的工具只是一把三角形的小铁铲，外加地上摆着的一个小硬纸板，上书"刮家"。那三个人看到停在面前的车立刻起身跑过来，问："老板，有活儿吗？"朱汉杨摇摇头："没有。最近生意好吗？"

"哪有啥生意啊？现在都用喷上去的新涂料，一通电就能当暖气的那种，没有刮家的了。"

"你们从哪儿来？"

"河南。"

"一个村儿的？哦，村儿里穷吗？有多少户人家？"

"山里的，五十多户。哪能不穷呢？天旱，老板你信不信啊，浇地是拎着壶朝苗根儿上一根根地浇呢。"

"那就别种地了。你们有银行账户吗？"

三人都摇摇头。

"那又是只好拿现金了，挺重，辛苦你们上车拿十几个箱子下来。"

"十几个啊？"装修工们从车上拿箱子，堆放到路边。对朱汉杨刚才的话，他们谁都没有去细想，更没在意。

"十多个吧，无所谓，你们看着拿。"

很快，十五个箱子堆在地上，朱汉杨指着这堆箱子说："每只箱子里面装着一百万元，共一千五百万，回家去，给全村分了吧。"

一名装修工对朱汉杨笑笑，好像是在赞赏他的幽默感，另一名蹲下去打开了一只箱子，同另外两人一起看了看里面，然后他们一起露出同刚才那名流浪汉一样的表情。

"东西挺重的，去雇辆车回河南，如果你们中有会开车的，买一辆更方便些。"许雪萍说。

三名装修工呆呆地看着面前这两个人，不知他们是天使还是魔鬼，很自然地，一名装修工问出了刚才流浪汉的问题："让我们干什么？"

他得到的回答也一样："只要你们答应一件事——外星人就要来了，如果他们问起你们，你们就说自己有这么多钱。就这一个要求，你们能保证做到吗？"

三个穷人点点头。

"谢谢。"

"谢谢。"

两位超级富豪又真诚地鞠躬致谢，然后上车走了，留下那三个人茫然地站在那堆箱子旁。

"你一定在想，他们会不会把钱独吞了。"朱汉杨扶着方向盘对滑膛说，"开始也许会，但他们很快就会把多余的钱分给穷人的，就像我们这样。"

滑膛沉默着，面对眼前的怪异和疯狂，他觉得沉默是最好的选择，现在，理智能告诉他的只有一点：世界将发生根本性的变化。

"停车！"许雪萍喊道，然后对在一个垃圾桶旁搜寻易拉罐和可乐瓶的小脏孩喊，"孩子，过来！"孩子跑了过来，同时把他拾到的半编织袋瓶罐也背过来，生怕丢了似的。"从车上拿一个箱子。"孩子拿了一个。"打开看看。"孩子打开了，看了，很吃惊，但没到刚才那四个成年人那种程度。"是什么？"许雪萍问。

"钱。"孩子抬起头看着她说。

"一百万，拿回去给你的爸爸妈妈吧。"

"这么说真有这事儿？"孩子扭头看看仍装着许多箱子的车厢，眨眨眼说。

"什么事儿？"

"送钱啊，说有人在到处送大钱的。"

"但你要答应一件事，这钱才是你的——外星人就要来了，如果他们问起你，你就说自己有这么多钱。你确实有这么多钱，不是吗？就这一个要求，你能保证做到吗？"

"能！"

"那就拿着钱回家吧，孩子，以后世界上不会有贫穷了。"朱汉杨说着，启动了汽车。

"也不会有富裕了。"许雪萍说，神色黯然。

"你应该振作起来，事情是很糟，但我们有责任阻止它变得更糟。"朱汉杨说。

"你真觉得这种游戏有意义吗？"

朱汉杨猛地刹住了刚开动的车，在方向盘上方挥着双手喊道："有意义！当然有意义！！难道你想在后半生像那些人一样穷吗？你想挨饿和流浪吗？"

"我甚至连活下去的兴趣都没有了。"

"使命感会支撑你活下去，这些黑暗的日子里我就是这么过来的，我们的财富给了我们这种使命。"

"财富怎么了？我们没偷没抢，挣的每一分钱都是干净的！我们的财富推动了社会前进，社会应该感谢我们！"

"这话你对哥哥文明说吧。"朱汉杨说完走下车，对着长空长出了一口气。

"你现在看到了，我们不是杀穷人的变态凶手。"朱汉杨对跟着走下车的滑膛说，"相反，我们正在把自己的财富散发给最贫穷的人，就像刚才那样。在这座城市里，在许多其他的城市里，在国家一级贫困地区，我们公司的员工都在这样做。他们带着集团公司的全部资产——上千亿的支票、信用卡和存折，一卡车一卡车的现金，去消除贫困。"

　　这时，滑膛注意到了空中的景象：一条由一颗颗银色星星连成的银线横贯长空，哥哥飞船联合体完成了解体，一千多艘子飞船变成了地球的一条银色星环。

　　"地球被包围了。"朱汉杨说，"这每颗星星都有地球上的航空母舰那么大，一艘单独的子船上的武器，就足以毁灭整个地球。"

　　"昨天夜里，它们毁灭了澳大利亚。"许雪萍说。

　　"毁灭？怎么毁灭？"滑膛看着天空问。

　　"一种射线从太空扫描了整个澳洲大陆，射线能够穿透建筑物和掩体，人和大型哺乳动物都在一小时内死去，昆虫和植物安然无恙，城市中，连橱窗里的瓷器都没有打碎。"

　　滑膛看了许雪萍一眼，又继续看着天空，对于这种恐惧，他的承受力要强于一般人。

　　"一种力量的显示，之所以选中澳大利亚，是因为它是第一个明确表示拒绝'保留地'方案的国家。"朱汉杨说。

　　"什么方案？"滑膛问。

　　"从头说起吧。来到太阳系的哥哥文明其实是一群逃荒者，他们在第一地球无法生存下去。'我们失去了自己的家园。'这是他们的原话。具体原因他们没有说明。他们要占领我们的地球四号，作为自己新的生存空间。至于地球人类，将被全部迁移至人类保留地，这个保留地被确定为澳洲，地球上的其他领土都归哥哥文明所有……这一切在今天晚上的新闻中就要公布了。"

"澳洲？大洋中的一个大岛，地方倒挺合适，澳大利亚的内陆都是沙漠，五十多亿人挤在那块地方很快就会全部饿死的。"

"没那么糟，在澳洲保留地，人类的农业和工业将不再存在，他们不需要从事生产就能活下去。"

"靠什么活？"

"哥哥文明将养活我们，他们将赡养人类，人类所需要的一切生活资料都将由哥哥种族长期提供，所提供的生活资料将由他们平均分配，每个人得到的数量相等，所以，未来的人类社会将是一个绝对不存在贫富差距的社会。"

"可生活资料将按什么标准分配给每个人呢？"

"你一下子就抓住了问题的关键。按照保留地方案，哥哥文明将对地球人类进行全面的社会普查，调查的目的是确定目前人类社会最低的生活标准，哥哥文明将按这个标准配给每个人的生活资料。"

滑膛低头沉思了一会儿，突然笑了起来："呵，我有些明白了，对所有的事，我都有些明白了。"

"你明白人类文明面临的处境了吧。"

"其实嘛，哥哥的方案对人类还是很公平的。"

"什么？你竟然说公平？！你这个……"许雪萍气急败坏地说。

"他是对的，是很公平。"朱汉杨平静地说，"如果人类社会不存在贫富差距，最低的生活水准与最高的相差不大，那保留地就是人类的乐园了。"

"可现在……"

"现在要做的很简单，就是在哥哥文明的社会普查展开之前，迅速抹平社会财富差距的鸿沟！"

"这就是所谓社会财富液化吧？"滑膛问。

"是的，现在的社会财富是固态的，固态就有起伏，像这大街旁的高楼，像那平原上的高山，但当这一切都液化后，一切都变成了大海，海面是平滑的。"

"但像你们刚才那种做法，只会造成一片混乱。"

"是的，我们只是做出一种姿态，以示财富占有者的诚意。真正的财富液化很快就要在全世界展开，它将在各国政府和联合国的统一领导下进行，大扶贫即将开始，那时，富国将把财富向穷国倾倒，富人将把金钱向穷人抛撒，而这一切，都是完全真诚的。"

"事情可能没那么简单。"滑膛冷笑着说。

"你是什么意思？你个变态的……"许雪萍指着滑膛的鼻子咬牙切齿地说。朱汉杨立刻制止了她。

"他是个聪明人，他想到了。"朱汉杨朝滑膛偏了一下头说。

"是的，我想到了，有穷人不要你们的钱。"

许雪萍看了滑膛一眼，低头不语了，朱汉杨对滑膛点点头："是的，他们中有人不要钱。你能想象吗？在垃圾中寻找食物，却拒绝接受一百万元……哦，你想到了。”

“但这种穷人，肯定是极少数。”滑膛说。

“是的，但他们只要占贫困人口十万分之一的比例，就足以形成一个社会阶层，在哥哥那先进的社会调查手段下，他们的生活水准，就会被当作人类最低的生活水准，进而成为哥哥进行保留地分配的标准，你知道吗，只要十万分之一！”

“那么，现在你们知道的比例有多大？”

“大约千分之一。”

“这些下贱变态的千古罪人！”许雪萍对着天空大骂一声。

“你们委托我杀的就是这些人。”这时，滑膛也不想再用术语了。

朱汉杨点点头。

滑膛用奇怪的目光看着朱汉杨，突然仰天大笑起来：“哈哈哈……我居然在为人类造福？！”

“你是在为人类造福，你是在拯救人类文明。”

“其实，你们只需用死去威胁，他们还是会接受那些钱的。”

“这不保险！”许雪萍凑近滑膛低声说，“他们都是变态的狂人，是那种被阶级仇恨扭曲的变态，即使拿了钱，也会在哥哥面前声称自己一贫如洗，所以，必须尽快从地球上彻底清除这种人。”

“我明白了。”滑膛点点头说。

“那么，你现在的打算呢？我们已经满足了你的要求，说明了原因；当然，钱以后对谁意义都不大了，你对为人类造福肯定也没兴趣。"

"钱对我早就意义不大了，后面那件事从来没想过……不过，我将履行合同。今天零点前完工，请准备验收。"滑膛说完，起步离开。

"有一个问题，"朱汉杨在滑膛后面说，"也许不礼貌，你可以不回答——如果你是穷人，是不是也不会要我们的钱？"

"我不是穷人。"滑膛没有回头说，但走了几步，他还是回过头来，用鹰一般的眼神看着两人，"如果我是，是的，我不会要。"说完，大步远去。

"你为什么不要他们的钱？"滑膛问一号目标，那个上次在广场上看到的流浪汉。现在，他们站在距广场不远处公园里的小树林中。有两束光透进树林，一束幽幽的蓝光来自太空中哥哥飞船构成的星环，这片蓝光在林中的地上投下斑驳的光影；另一束是城市的光，从树林外斜照进来，在剧烈地颤动着，变幻着色彩，仿佛表达着对蓝光的恐惧。

流浪汉嘿嘿一笑："他们在求我，那么多的有钱人在求我，有个女的还流泪呢！我要是要了钱，他们就不会求我了，有钱人求我，很爽的。"

"是，很爽。"滑膛说着，扣动了大鼻子的扳机。

流浪汉是个惯偷，一眼就看出这个叫他到公园里来的人右手拿着的外套里面裹着东西，他一直很好奇那是什么，现在突然看到衣服上亮光一闪，像是里面的什么活物眨了下眼，接着便坠入了永恒的黑暗。

这是一次超速快冷加工，飞速滚动的子弹将工件眉毛以上的部分几乎全切去了，在衣服的覆盖下枪声很闷，没人注意到。

垃圾场。滑膛发现，今天拾垃圾的只有她一人了，其他的拾荒者显然都拿到了钱。

在星环的蓝光下，滑膛踏着温软的垃圾向目标大步走去。这之前，他一百次提醒自己，她不是果儿，现在不需要对自己重复了。他的血一直是冷的，不会因一点点少年时代记忆中的火苗就热起来。拾荒女甚至没有注意到来人，滑膛就开了枪。垃圾场上不需要消音，他的枪是露在外面开的，声音很响，枪口的火光像小小的雷电将周围的垃圾山照亮了一瞬。由于距离远，在空气中翻滚的子弹唱出它的歌，那呜呜声像万鬼哭号。

这也是一次超速的快冷却，子弹像果汁机中飞旋的刀片，瞬间将目标的心脏切得粉碎，她在倒地之前已经死了。她倒下后，立刻与垃圾融为一体，本来能显示出她存在的鲜血也被垃圾吸收了。

在意识到背后有人的一瞬间，滑膛猛地转身，看到画家站在那里，他的长发在夜风中飘动，浸透了星环的光，像蓝色的火焰。

"他们让你杀了她？"画家问。

"履行合同而已。你认识她？"

"是的，她常来看我的画，她认字都不多，但能看懂那些画，而且和你一样喜欢它们。"

"合同里也有你。"

画家平静地点点头，没有丝毫恐惧："我想到了。"

"只是好奇问问，为什么不要钱？"

"我的画都是描写贫穷与死亡的，如果一夜之间成了百万富翁，我的艺术就死了。"

滑膛点点头："你的艺术将活下去，我真的很喜欢你的画。"说着他抬起了枪。

"等等，你刚才说是在履行合同，那能和我签一个合同吗？"

滑膛点点头："当然可以。"

"我自己的死无所谓，为她复仇吧。"画家指指拾荒女倒下的地方。

"让我用我们这个行业的商业语言说明你的意思：你委托我加工一批工件，这些工件曾经委托我加工你们两个工件。"

画家再次点点头："是这样的。"

滑膛郑重地说："没有问题。"

"可我没有钱。"

滑膛笑笑："你卖给我的那幅画，价钱真的太低了，它已足够支付这桩业务了。"

"那谢谢你了。"

"别客气，履行合同而已。"

死亡之火再次喷出枪口，子弹翻滚着，呜哇怪叫着穿过空气，穿透了画家的心脏，血从他的胸前和背后喷向空中，他倒下后两三秒钟，这些飞扬的鲜血才像温热的雨洒落下来。

"这没必要。"

声音来自滑膛背后。他猛转身，看到垃圾场的中央站着一个人，一个男人，穿着几乎与滑膛一样的皮夹克，看上去还年轻，相貌平常，双眼映出星环的蓝光。

滑膛手中的枪垂着，没有对准新来的人，他只是缓缓扣动枪机，大鼻子的击锤懒洋洋地抬到了最高处，处于一触即发的状态。

"是警察吗？"滑膛问，口气很轻松随便。

来人摇摇头。

"那就去报警吧。"

来人站着没动。

"我不会在你背后开枪的，我只加工合同中的工件。"

"我们现在不干涉人类的事。"来人平静地说。

这话像一道闪电击中了滑膛，他的手不由一松，左轮的击锤落回到原位。他细看来人，在星环的光芒下，无论怎么看，他都是一个普通的人。

"你们，已经下来了？"滑膛问，他的语气中出现了少有的紧张。

"我们早就下来了。"

接着，在地球四号的垃圾场上，分别来自两个世界的人长时间地沉默着。这凝固的空气令滑膛窒息，他想说点什么，这些天的经历，使他下意识地提出了一个问题："你们那儿，也有穷人和富人吗？"

第一地球人微笑了一下说："当然有，我就是穷人，"他又指了一下天空中的星环，"他们也是。"

"上面有多少人？"

"如果你是指现在能看到的这些，大约有五十万人，但这只是先遣队，几年后到达的一万艘飞船将带来十亿人。"

"十亿？他们……不会都是穷人吧？"

"他们都是穷人。"

"第一地球上的世界到底有多少人呢？"

"二十亿。"

"一个世界里怎么可能有那么多穷人？"

"一个世界里怎么不可能有那么多穷人？"

"我觉得，一个世界里的穷人比例不可能太高，否则这个世界就会变得不稳定，那富人和中产阶级也过不好了。"

"以目前地球四号所处的阶段，很对。"

"还有不对的时候吗？"

第一地球人低头想了想，说："这样吧，我给你讲讲第一地球上穷人和富人的故事。"

"我很想听。"滑膛把枪插回怀里的枪套中。

"两个人类文明十分相似，你们走过的路我们都走过，我们也有过你们现在的时代：社会财富的分配虽然不均，但维持着某种平衡，穷人和富人都不是太多，人们普遍相信，随着社会的进步，贫富差距将进一步减小，他们憧憬着人人均富的大同时代。但人们很快会发现事情要复杂得多，这种平衡很快就要被打破了。"

"被什么东西打破的？"

"教育。你也知道，在你们目前的时代，教育是社会下层进入上层的唯一途径。如果社会是一个按温度和含盐度分成许多水层的海洋，教育就像一根连通管，将海底水层和海面水层连接起来，使各个水层之间不至于完全隔绝。"

"你接下来可能想说，穷人越来越上不起大学了。"

"是的，高等教育费用日益昂贵，渐渐成了精英子女的特权。但就传统教育而言，即使仅仅是为了市场考虑，它的价格还是有一定限度的，所以那条连通管虽然已经细若游丝，但还是存在着。可有一天，教育突然发生了根本的变化，一个技术飞跃出现了。"

"是不是可以直接向大脑里灌知识了？"

"是的，但知识的直接注入只是其中的一部分。大脑中将被植入一台超级计算机，它的容量远大于人脑本身，它存贮的知识可变为植入者的清晰记忆。但这只是它的一个次要功能，它是一个智力放大器，一个思想放大器，可将人的思维提升到一个新的层次。这时，知识、智力、深刻的思想，甚至完美的心理和性格、艺术审美能力等，都成了商品，都可以买得到。"

"一定很贵。"

"是的，很贵。以你们目前的货币价值做个参照，一个人接受超等教育的费用，与在北京或上海的黄金地段买两到三套一百五十平方米的商品房相当。"

"要是这样，还是有一部分人能支付得起的。"

"是的，但只是一小部分有产阶层，社会海洋中那条连通上下层的管道彻底中断了。完成超等教育的人的智力比普通人高出一个层次，他们与未接受超等教育的人之间的智力差异，就像后者与狗之间的差异一样大。同样的差异还表现在许多其他方面，比如艺术感受能力等。于是，这些超级知识阶层就形成了自己的文化，而其余的人对这种文化完全不可理解，就像狗不理解交响乐一样。超级知识分子可能都精通上百种语言，在某种场合，对某个人，都要按礼节使用相应的语言。在这种情况下，在超级知识阶层看来，他们与普通民众的交流，就像我们与狗的交流一样简陋了……于是，一件事就自然而然地发生了，你是个聪明人，应该能想到。"

"富人和穷人已经不是同一个……同一个……"

"富人和穷人已经不是同一个物种了，就像穷人和狗不是同一个物种一样，穷人不再是人了。"

　　"哦，那事情可真的变了很多。"

　　"变了很多，首先，你开始提到的那个维持社会财富平衡、限制穷人数量的因素不存在了。即使狗的数量远多于人，它们也无力使社会不稳定，只能制造一些需要费神去解决的麻烦。随便杀狗是要受惩罚的，但与杀人毕竟不一样，特别是当狂犬病危及人的安全时，把狗杀光也是可以的。对穷人的同情，关键在于一个'同'字，当双方相同的物种基础不存在时，同情也就不存在了。这是人类的第二次进化，第一次与猿分开来，靠的是自然选择；这一次与穷人分开来，靠的是另一条同样神圣的法则——私有财产不可侵犯。"

　　"这法则在我们的世界也很神圣的。"

　　"在第一地球的世界里，这项法则由一个叫社会机器的系统维持。社会机器是一种强有力的执法系统，它的执法单元遍布世界的每一个角落，有的执法单元只有蚊子大小，但足以在瞬间同时击毙上百人。它们的法则不是你们那个阿西莫夫的三定律，而是第一地球的宪法基本原则——私有财产不可侵犯。它们带来的并不是专制，它们的执法是绝对公正的，并非倾向于有产阶层，如果穷人那点儿可怜的财产受到威胁，他们也会根据宪法去保护的。

　　"在社会机器强有力的保护下，第一地球的财富不断地向少数人集中。而技术发展则导致了另一件事，有产阶层不再需要无产阶层了。在你们的世界，富人还是需要穷人的，工厂里总得有工人。但在第一地球，机器已经不需要人来操作了，高效率的机器人可以做一切事情，无产阶层连出卖劳动力的机会都没有了，他们真的一贫如洗。这种情况的出现，完全改变了第一地球的经济实质，大大加快了社会财富向少数人集中的速度。

"财富集中的过程十分复杂，我和你说不清楚，但其实质与你们世界的资本运作是相同的。在我曾祖父的时代，第一地球60％的财富掌握在一千万人手中；在祖父的时代，80％的财富掌握在一万人手中；在父亲的时代，财富的90％掌握在四十二人手中。

"在我出生时，第一地球的资本主义达到了顶峰上的顶峰，创造了令人难以置信的资本奇迹——99％的财富掌握在一个人的手中！这个人被称作终产者。

"这个世界的其余二十多亿人虽然也有贫富差距，但他们总体拥有的财富只是世界财富总量的1％，也就是说，第一地球变成了由一个富人和二十亿个穷人组成的世界。穷人是二十亿，不是我刚才告诉你的十亿，而富人只有一个。这时，私有财产不可侵犯的宪法仍然有效，社会机器仍在忠实地履行着它的职责，保护着那一个富人的私有财产。

"想知道终产者拥有什么吗？他拥有整个第一地球！这个

行星上所有的大陆和海洋都是他家的客厅和庭院，甚至第一地球的大气层都是他私人的财产。

"剩下的二十亿穷人，都住在全封闭的住宅中，这些住宅本身就是一个自给自足的微型生态循环系统，他们用自己拥有的那可怜的一点点水、空气和土壤等资源在这全封闭的小世界中生活着，能从外界索取的，只有不属于终产者的太阳能了。

"我的家坐落在一条小河边，周围是绿色的草地，一直延伸到河沿，再延伸到河对岸翠绿的群山脚下。在家里就能听到群鸟鸣叫和鱼跃出水面的声音，能看到悠然的鹿群在河边饮水，风中草地的波纹最让我陶醉。但这一切不属于我们，我们的家与外界严格隔绝，我们的窗是密封舷窗，永远都不能打开。要想外出，必须经过一段过渡舱，就像从飞船进入太空一样，事实上，我们的家就像一艘宇宙飞船，不同的是，恶劣的环境不是在外面而是在里面！我们只能呼吸家庭生态循环系统提供的污浊的空气，喝经千万次循环过滤的水，吃以我们的排泄物为原料合成再生的难以下咽的食物。而与我们仅一墙之隔，就是广阔而富饶的大自然。我们外出时，穿着像一名宇航员，食物和水要自带，甚至自带氧气瓶，因为外面的空气不属于我们，是终产者的财产。

"当然，有时也可以奢侈一下，比如在婚礼或节日什么的，这时我们走出自己全封闭的家，来到第一地球的大自然中，最令人陶醉的是呼吸第一口大自然的空气，那空气是微甜的，甜得让你流泪。但这是要花钱的，外出之前我们都得吞下一粒药丸大小的空气售货机，这种装置能够监测和统计我们吸入空气的量，我们每呼吸一次，银行账户上的钱就被扣除一点儿。对于穷人，这真的是一种奢侈，每年也只能有一两次。我们来到外面时，也不敢剧烈活动，甚至不动只是坐着，以控制自己的呼吸量。回家前还要仔细地刮刮鞋底，因为外面的土壤也不属于我们。

"现在告诉你我母亲是怎么死的。为了节省开支，她那时已经有三年没有到户外去过一次了，节日也舍不得出去。这天深夜，她竟在梦游中通过过渡舱到了户外！她当时做的一定是一个置身于大自然中的梦。当执法单元发现她时，她已经离家有很远的距离了，执法单元也发现了她没有吞下空气售货机，就把她朝家里拖，同时用一只机械手卡住她的脖子——它并不想掐死她，只是不让她呼吸，以保护另一个公民不可侵犯的私有财产——空气。但到家时她已经被掐死了，执法单元放下她的尸体对我们说，她犯了盗窃罪。我们要被罚款，但我们已经没有钱了，于是，母亲的遗体就被没收抵账。要知道，对一个穷人家庭来说，一个人的遗体是很宝贵的，占它重量70%的是水啊，还有其他有用的资源。但遗体的价值还不够缴纳罚款，社会机器便从我们家抽走了相当数量的空气。

"我们家生态循环系统中的空气本来就严重不足，一直没钱补充，在被抽走一部分后，已经威胁到了内部成员的生存。

为了补充失去的空气，生态系统不得不电解一部分水，这个操作使得整个系统的状况急剧恶化。主控电脑发出了警报：如果我们不向系统中及时补充十五升水的话，系统将在三十小时后崩溃。警报灯的红色光芒弥漫每个房间。我们曾打算到外面的河里偷些水，但旋即放弃了，因为我们打到水后还来不及走回家，就会被无所不在的执法单元击毙。父亲沉思了一会儿，让我不要担心，先睡觉。虽然处于巨大的恐惧中，但在缺氧的状态下，我还是睡着了。不知过了多长时间，一个机器人推醒了我，它是从与我家对接的一辆资源转换车上进来的，它指着旁边一桶清澈晶莹的水说：这就是你父亲。资源转换车是一种将人体转换成能为家庭生态循环系统所用资源的流动装置，父亲就是在那里将自己体内的水全部提取出来。而这时，就在离我家不到一百米处，那条美丽的河在月光下哗哗地流着。资源转换车从他的身体还提取了其他一些对生态循环系统有用的东西：一盒有机油脂、一瓶钙片，甚至还有硬币那么大的一小片铁。

　　"父亲换来的水拯救了我家的生态循环系统，我一个人活了下来，一天天长大，五年过去了。在一个秋天的黄昏，我从舷窗望出去，突然发现河边有一个人在跑步，我惊奇是谁这么奢侈，竟舍得在户外这样呼吸？！仔细一看，天啊，竟是终产者！他慢下来，放松地散着步，然后坐在河边的一块石头上，将一只赤脚伸进清澈的河水里。他看上去是一个健壮的中年男人，但实际已经两千多岁了，基因工程技术还可以保证他再活这么长时间，甚至永远活下去。不过在我看来，他真的是一个很普通的人。

"又过了两年，我家生态循环系统的运行状况再次恶化，这样小规模的生态系统，它的寿命肯定是有限的。终于，它完全崩溃了。空气中的含氧量在不断减少，在缺氧昏迷之前，我吞下了一台空气售货机，走出了家门。像每一个家庭生态循环系统崩溃的人一样，我坦然地面对着自己的命运：呼吸完我在银行那可怜的存款能够换来的空气，然后被执法机器掐死或击毙。

"这时，我发现外面的人很多，家庭生态循环系统开始大批量地崩溃了。一个巨大的执法机器悬浮在我们上空，播放着最后的警告：'公民们，你们闯入了别人的家里，你们犯了私闯民宅罪，请尽快离开！不然……'离开？我们能到哪里去？自己的家中已经没有可供呼吸的空气了。

"我与其他人一起，在河边碧绿的草地上尽情地奔跑，让清甜的春风吹过我们苍白的面庞，让生命疯狂地燃烧……不知过了多长时间，我们突然发现自己银行里的存款早就呼吸完了，但执法单元们并没有采取行动。这时，从悬浮在空中的那个巨型执法单元中传出了终产者的声音。

"'各位好，欢迎光临寒舍！有这么多的客人我很高兴，也希望你们在我的院子里玩得愉快，但还是请大家体谅我，你们来的人实在是太多了。现在。全球已有近十亿人因生态循环系统崩溃而走出了自己的家，来到我家，另外那十多亿可能也快来了。你们是擅自闯入，侵犯了我这个公民的居住权和隐私权，社会机器采取行动终止你们的生命是完全合理合法的，如果不是我劝止了它们那么做，你们早就全部被激光蒸发了。但我确实劝止了他们，我是个受过多次超等教育的有教养的人，对家里的客人，哪怕是违法闯入者，都是讲礼貌的。但请你们设身处地地为我想想，家里来了二十亿客人，毕竟是稍微多了些，我是个喜欢安静和独处的人，所以还是请你们离开寒舍。我当然知道大家在地球上无处可去，所以我为你们，为二十亿人准备了两万艘巨型宇宙飞船，每艘都有一座中等城市大小，能以光速的1%航行。上面虽没有完善的生态循环系统，但有足够容纳所有人的生命冷藏舱，足够支持五万年。我们的星系中只有地球这一颗行星，所以你们只好在恒星际间寻找自己新的家园，相信你们一定能找到的。宇宙之大，何必非要挤在我这间小小的陋室中呢？你们没有理由恨我，得到这幢住所，我是完全合理合法的。我从一个经营妇女卫生用品的小公司起家，一直做到今天的规模，完全是凭借自己的商业才能，没有做过任何违法的事。所以，社会机器在以前保护了我，以后也会继续保护我，保护我这个守法公民的私有财产，它不会容忍你们的违法行径。所以，还是请大家尽快动身吧，看在同一进化渊源的分儿上，我会记住你们的，也希望你们记住我，保重吧。'

"我们就是这样来到了地球四号，航程延续了三万年。在漫长的星际流浪中，损失了近一半的飞船，有的淹没于星际尘埃中，有的被黑洞吞食……但，总算有一万艘飞船，十亿人到达了这个世界。好了，这就是第一地球的故事，二十亿个穷人和一个富人的故事。"

"如果没有你们的干涉，我们的世界也会重复这个故事吗？"听完了第一地球人的讲述，滑膛问道。

"不知道，也许会，也许不会，文明的进程像一个人的命运，变幻莫测的……好，我该走了，我只是一名普通的社会调查员，也在为生计奔忙。"

"我也有事要办。"滑膛说。

"保重，弟弟。"

"保重，哥哥。"

在星环的光芒下，分别来自两个世界的男人各自向两个方向走去。

滑膛走进了总统大厅，社会财富液化委员会的十三个常委一起转向他。

朱汉杨说："我们已经验收了，你干得很好，另一半款项已经汇入你的账户，尽管钱很快就没用了……还有一件事想必你已经知道了：哥哥文明的社会调查员已降临地球，我们和你做的事都无意义，我们也没有进一步的业务给你了。"

"但我还是揽到了一项业务。"

滑膛说着，掏出手枪，另一只手向前伸着，啪啪啪啪啪啪啪，七颗橙黄的子弹掉在桌面上，与手中大鼻子弹仓中的六颗加起来，正好十三颗。

在十三个富翁脸上，震惊和恐惧都只闪现了很短的时间，接下来的只有平静，这对他们来说，可能意味着解脱。

外面，一群巨大的火流星划破长空，强光穿透厚厚的窗帘，使水晶吊灯黯然失色，大地剧烈震动起来。第一地球的飞船开始进入大气层。

"还没吃饭吧？"许雪萍问滑膛，然后指着桌上的一堆方便面说，"咱们吃了饭再说吧。"

他们把一个用于放置酒和冰块的大银盆用三个水晶烟灰缸支起来，在银盆里加上水。然后，他们在银盆下烧起火来，用的是百元钞票。大家轮流着将一张张钞票放进火里，出神地看着黄绿相间的火焰像一个活物般欢快地跳动着。

当烧到一百三十五万时，水开了。

达尔文陷阱

何 夕

楔　　子

　　入夜的乌兰巴托街头依然有几分热闹。黄头发阿金斜倚在收银台旁边，百无聊赖地扫视着超市门外来来往往的红男绿女。来此打拼已快四年，面对这片以歌舞奔放著称的土地，阿金的内心早已经变得麻木，关心的只是超市的生意。还有一个小时就要打烊了，今天的营业情况不太理想，这多少影响了他的心情。阿金的确有些心不在焉，直到他站起来伸懒腰时才注意到了右边货架下蜷缩着的那个小小身体。

　　那是一个五六岁的小男孩，长着白净得有些透明的圆脸，一头黑发微微卷曲。乌兰巴托在这个季节里的气温很低，但男孩身上的衣物却很单薄。他从短寐中惊醒，目光显得有些迷茫。

　　"谁带你来的？你的父母呢？"阿金用蒙语问道。

　　男孩显然没听懂阿金的话，只是本能地摇了摇头。阿金觉得这男孩整个儿都给人一种反应很迟钝，甚至有些呆滞的感觉。

　　阿金试着用英语重复了一遍问话，但男孩依然无动于衷。阿金放弃了，打算打电话报警。这时，男孩的目光被货架上的食物吸引，他的鼻孔翕动，有些贪婪地吸着气。阿金这才注意到男孩满脸疲惫，脸色苍白得有些过分，他想男孩大概是饿了。阿金取下一块面包递给男孩，但让他意外的是，男孩接过面包嗅了一下便扔在了一旁。阿金刚想发火，男孩却径直从货架上取下一袋牛奶插入吸管大口吮吸起来，伴随着这个举动，男孩脸上的疲惫减少了些，但依然没有一丝血色。

阿金宽容地笑了笑，又取了一袋牛奶递给男孩。男孩伸出手来，阿金突然注意到男孩手臂的内侧布满了针眼，他几乎本能地抓住男孩的手想看个究竟，就在这时，阿金发现了一件更加古怪的事情，他怔住了，不明白发生了什么事情。他无法描述自己的感觉，男孩的手臂很纤细很柔软，同别的小男孩差不多，除了一点——手臂一片冰凉。阿金觉得自己握住的就像是一截刚从冷水里捞上来的橡胶棒，他本能地将手搭在男孩的额头上，结果那里也是冰冰凉的。这时，男孩突然轻声说："谢谢。"

"你会汉语？你是华人？"阿金惊叫道。

这时，忽然从门口传来一阵杂乱的脚步声。"找到了，他在这里！一眨眼的工夫他就从车里跑出来了！"一声高亢的喊叫让阿金回过神来，一个高大的蒙古人带着满身酒气从门口径直闯进来，粗鲁地一把拉着男孩的手就往外走。

"哎，你是谁？"阿金做了个阻拦的动作，"你是他的家人吗？"

"当然是！"那人有点不耐烦地回答。这时，可以看到门外另有两个人在往这边赶过来。

"可是，他根本听不懂蒙古语。还有，他好像生病了。"

"他没病！"

"可是他身体一片冰凉。"阿金有些发怵地说，他曾经吃过当地人的亏。

蒙古人回过头来盯着阿金："你还知道些什么？"

"我是说，他的体温不对。你知道吗？我握着他手的时候，感觉像是握着一条蛇。这很不对劲儿，我还从来没有遇到过这样的怪事情。应该送他去医院或者报警……"

阿金的建议没能说完，因为一把锋利的蒙古刀在截断他身体内无数血管的同时，也截断了他的话。阿金没有在这起事件中死去，是因为几位顾客正巧走进超市，惊扰了行凶者进一步的行动。这个既非抢劫也非谋杀的案件没有引起多大重视，在警方档案里，它被归入偶然犯罪，在这个崇尚饮酒的国家里有许多类似案件。虽然卷宗记录了事件中出现过一个体温异于常人的小男孩，但所有人私下里都认为，这是当事人在极度紧张情况下出现的幻觉。

一

车窗掠过浅丘地区特有的一片片小山坡，此时正是草长莺飞的早春时节，不时有大片金黄的油菜花海映入眼帘。但开车的人显然没有欣赏风光的心情，他身形瘦削，双眉紧蹙，一副心事重重的样子。在一旁的副驾驶座上斜放着一个信封，一张照片从没有封口的信封里滑落出来，那是一个四十来岁的美丽女人，虽然微笑着，却无法掩饰脸上那仿佛固有的忧郁。

兰天羽赶到守园的时候，何夕正在修补一根受损的渔竿。何夕经常垂钓，但与其他人以此为乐不同，何夕钓鱼的目的和几万年前老祖宗的一样纯粹，完全是生活所需。在守园，许多事情都必须自己动手，有时候他还要侍弄几块菜地。何夕从兰天羽的口气里断定这是一件非常棘手的事情，不然以兰天羽的实力不会显得如此惊惶失措。其实兰天羽基本上都在说同一句话："请你一定要救救韦洁如。"

韦洁如，何夕在心里念叨着这个名字，端详着兰天羽手里的照片。兰天羽从几千里之外赶来求助，这个人对他来说肯定非常重要。

"韦洁如是我的表妹，我们从小一块儿长大。"兰天羽顾不得一路的疲惫，"那时我们两家人住在雅加达。小时候在表兄妹里，我和韦洁如的感情是最好的。后来我们全家离开了印尼，她则留在了那里。要不是因为近亲，她也许就是我的妻子了。"

"她现在的具体情况你知道吗？"何夕问。

"不知道。"兰天羽痛苦地低下头，"其实我很久没见到她了。""那她有什么特点？"何夕字斟句酌地说，"就是说她有什么与众不同的地方？"

"多年前，她家在当地经营着一些企业，但洁如从小就不喜欢生意上的事，而是对研究一些奇奇怪怪的事情感兴趣。"

"都是些什么事情？"何夕来了兴致。

"我也搞不太懂，她还在很小的时候就经常说些奇怪的话。比如她说这个世界的设计充满失误，应该更有效率地运行才对。她还说生命进化的历程太随机了，以至于漏洞太多。"

"这样啊，不过也不算太奇怪。"何夕若有所思，"后来呢？""她没有接手家里的生意，现在是印尼巴查查兰大学的教授，研究方向好像是热带生物。这是她选择的道路，能从事自己喜欢的事情，我也为她感到高兴。"

何夕理解地点点头："她出了什么事？"

"她失踪了。家里人报了案，但是警方查不到线索。一个多月前，有人把她从学校接走了，开始还同家里联系过，说正在蒙古从事一项重要工作，后来就彻底失去了音信。"

"蒙古？"何夕若有所思地重复了一句，"韦洁如不是研究热带生物的吗？这个季节蒙古还是冰天雪地，她去那里干什么呢？"

"我也不知道。"兰天羽显然方寸已乱。

何夕叹了口气，轻轻抚弄着手里的渔竿："就凭这些资料我很难帮上忙，感觉这是一件常规的人口失踪案件，要说找人的话，警察更在行。"

何夕说的是实话，这不算是什么奇特事件，由警方来解决效率会更高。何夕一向认为朋友间应该有话直说，他认为这次兰天羽来找自己帮忙的确是有点病急乱投医。当然这也不能怪兰天羽，所谓关心则乱罢了。

"请你一定要帮帮她！洁如的一生已经够坎坷了，我不想她再受到伤害！"兰天羽听出了何夕的拒绝，他有些失控地嘶喊道。

何夕眉毛微挑："她以前遭遇过什么事情？"

兰天羽低下头，脸上现出极度的哀伤，显然很不情愿提及往事："当年她才十多岁，在一场骚乱中，她的父母——也就是我的舅舅和舅妈——被暴徒砍死，她本人也……遭到强暴。"兰天羽眼里涌出泪水，身体止不住地颤抖，看来即便时隔多年，这件事情仍然让他无法平静地叙述，"当时我和父母正好在国外，否则也难逃厄运。"

何夕没有开口说话，良久，一声脆响传来，他右手两指间那根伽马精工生产的可以承受数十斤大鱼的纳米渔竿突然从中断开了。

二

雅加达街头人头攒动，兰天羽焦急地看着手表，何夕已经独自消失三个小时了，这里是约定的会合地点。兰天羽完全不明白何夕在做什么。昨天他专门赶到苏门答腊去参观那条世界上最大的叫作"桂花"的蟒蛇，现在又玩起了失踪。

这时，一辆插满彩旗的敞篷车在人群簇拥下缓缓而过，车上一位身着红衫、身躯微胖的男子脸上带着和蔼的笑容向四周频频点头招手，口里轮流用爪哇语和印尼语问候着路人。兰天羽猛觉肩头被人拍了一下，回头一看，正是何夕，他身上背着一个大包，一副要出远门的样子。

"怎么，你好像认识车上这个人？"何夕问，他看着横幅上的字不明就里。

"他叫山迪昂万，以前住在我家附近，当年他父亲就在韦洁如家的橡胶园里做工。"兰天羽低声道，"没想到他现在已经是橡胶业巨头了，而且还领导着一个叫'纯粹印尼'的政党。"

"他在说些什么？"何夕随口问道。

"他说这是一个伟大的国家，爪哇人是世界上最正统、最优秀的种族。"兰天羽解释道。

何夕看了看四周皮肤黝黑、颧骨高耸的狂热人群，不置可否地笑笑："我看也就是为了拉选票嚷嚷几句罢了，好多政客都喜欢玩这一套。我只觉得他的姓名很拗口。"

"这不是姓名，他是爪哇族人。爪哇族几乎占印尼总人口的一半，自古以来他们没有姓只有名。"看来，兰天羽知道的东西不少。

"真有意思。那他们比当年的日本人还落后一大截，至少日本人后来自己还发明了'田中''渡边'之类奇奇怪怪的姓。"

何夕大大咧咧地说。

兰天羽急忙拉住何夕的臂弯："小声点儿，如果他们听到这些话你就走不了了。"

"好了，咱们别理会这些新帮派了。"何夕转身招呼计程车，"该赶路了。"

小巽他群岛是由两个构造板块碰撞时形成的火山群，位于爪哇岛以东的印度洋和帝汶海之间，绝大部分属于印度尼西亚。科莫多国家公园坐落于此，由科莫多岛和巴达尔岛及附近的小岛组成。科莫多岛四周普遍都是悬崖峭壁，岛上有着成片的棕榈树林和广阔的草地。

"我们为什么不去蒙古？韦洁如最后的落脚点在那边啊。"兰天羽对四下的热带风光视若无睹。

"我不是说了吗？铁琅已经赶过去了，他一有消息就会跟我们联系的。"何夕走得很快，似乎身上背着的超重负荷对他没什么影响。

"可我们来这里做什么？"兰天羽茫然四顾，科莫多岛上植被茂密，湿度很高，虽然背包交给了何夕，但经过一路跋涉，兰天羽依然累得够呛。

"嘘——"何夕突然停下脚步，仰头望向树上。兰天羽顺着他的目光看去，一道鸭子大小的黑影一晃而过，躲进了浓荫的遮蔽中。

"那是什么东西？"兰天羽悚然道。

"喏，就是它。你忘了这里是科莫多国家公园了？我们当然就是来看科莫多巨蜥的。"

"巨蜥怎么在树上？在电视里我看到那家伙都是待在地面上的。"

"科莫多巨蜥在小的时候有很多天敌，一般都生活在树上，等到成年之后才会在地上生活。"

"你好像什么都知道。"兰天羽没好气地说，"可是能不能说明一下，我们为什么要来看这些大壁虎？"

"因为我看到了韦洁如的笔记……"

"韦洁如的笔记？"兰天羽惊叫道，"在哪儿？你怎么得到的？"何夕摇摇头："你以为我满世界乱跑是为什么？我们刚到雅加达我就去了韦洁如的住处，结果运气不错，我找到了她的一本工作笔记。"何夕沉静下来，"老实说，看了她的笔记后，我很想见到她本人。"

兰天羽接过何夕递过来的一个蓝皮本子急切地翻看起来，几分钟后，他迷惑地抬起头把本子递还回去："里面好像尽是些生物学方面的研究资料，我看不太懂。"

何夕理解地笑笑："老实说我一直对热带生物感兴趣，本子里前面的大部分我基本能看懂，但后面的部分我确实不明白她想说些什么。你看这段话：'生命体的生存从本质上讲是一种逆熵而行的行为，所以生命体自身是一团逆天而行的物质集合。它从系统外攫取负熵，用来有序排列自身体内的原子，并向外界排出无效序列。'你能明白吗？"

兰天羽茫然地摇摇头："我连前面的很多都搞不懂。"

"其实这段话还不算艰深，我想她大概是说，生命体从外界摄取能量用于自身运行。关键是下面这句：'而在进化的巨力下，生命体将这个过程演进到了难以想象的地步。我认为进化过度的现象无所不在，这严重地加剧了负熵的耗减，对自然造成莫大损伤，称之为进化灾难也不为过。在这种灾难中，起最重要作用的正是对生命而言最根本的元素。'老实说，我看到这里完全跟不上韦洁如的思想了。"

何夕翻过几页："还有这里：'人类的参与更是将这个过程推进到了史无前例的地步，在进化选择的强大力量干预下，整个人类的历史也因之而充斥着暴力、欺诈、伤害和丑恶，企盼上苍能听我苦祷赐我力量，将这一切终结。'"

何夕停下来，这段让人不明就里却莫名感到触动的话让他无法平静。兰天羽插话道："我想这也许只是韦洁如在平时生发的一些感慨吧，她一个手无寸铁的弱女子又能改变什么？"

何夕摇摇头，他翻到笔记最后一页，赫然映入眼帘的是几个朱红如血的字：我在地狱里永夜歌唱。

"看到这几个字你有什么感觉？"何夕直视着兰天羽。

"我……说不太明白，我突然觉得她变得有点陌生。"兰天羽喃喃地道，"也许我不够了解她。"

"我不认为能写下这些文字的人所说的话会是随便说说

的。"何夕收好笔记，"我还注意到一件事，你这个表妹的专业虽然是热带生物，但她绝大部分的精力只放在两种生物上。"

"哪两种？"兰天羽回忆着笔记里的内容，里面至少出现过几十种生物的学名。

"蛇和蜥蜴。"何夕大步向前，"我调查到韦洁如在这座岛上有一间实验室，我们先去那里。"

三

观光车有完善的安全措施，因为现在已经进入成年巨蜥生活的区域了，虽然科莫多巨蜥极少主动攻击人类，但谁也不敢拿性命冒险，要知道，死于巨蜥之口是一个可能长达几周的漫长病亡过程。

"其实这个时候的它们没有什么危险。"司机兼导游是个亚齐人，在印尼也算少数民族，说一口比较流利的汉语。眼前这两个人在他看来是好主顾，在小费上毫不吝啬，让他差点儿以为他们是日本人。看在钱的分儿上，他提起热情指着不远处几只躺在阳光下的巨蜥说："它们前天刚饱餐了一头牛，接下来六七天里都不会想进食。"

"气温这么高，它们怎么不躲到树荫下？"兰天羽挥手抹汗。"如果不依靠太阳的热度，它们无法消化食物。"何夕解释道。

导游微微点头。看来这个说法比较靠谱。兰天羽纳闷儿地挠了挠头："什么意思？因为它们是冷血动物吗？"

"只能说你猜得基本正确。"何夕接着说，"像蛇和蜥蜴这样的冷血动物，它们体内的消化系统必须依靠阳光的热力才能发挥正常功效，否则食物会在体内腐败。不过，并不是所有的冷血动物都这样，比如鱼类就不需要，它们体内的酶对温度没这种要求。"

兰天羽点点头算是明白了，而那个导游则一脸惊奇地望着何夕。

"不是说爬行动物在进化史上比鱼类高级吗？我看，在这一点上它们比不上鱼。"兰天羽忙着下结论，"它们还真成了靠天吃饭了，要是吃饱了，连着几天不出太阳会不会肠穿肚烂而死？"

何夕淡淡一笑："我小时候养过的一条蛇就是那样死的。"

看来，韦洁如的这个野外实验室其实还扮演着一个观察哨的角色，出于安全考虑，架子搭得比较高。毕竟是野外，门禁系统不算强大，突破它只花费了何夕几分钟时间。

室内虽然不算太大，但布置得井井有条，一张床靠在角落里，一张书桌紧挨床头。何夕想象着在无数个冷清的夜晚，一个柔弱女子独自守着一盏孤灯，支撑她的不过是内心的一丝信念。不知为什么，何夕心里陡然闪过那句话：我在地狱里永夜歌唱。

令人失望的是，这里居然没什么资料，甚至找不到一页纸。

在柜架上摆放着一排直径约五厘米粗细的玻璃瓶，瓶子上标着一些动物名称：科莫多巨蜥、亚马孙森蚺、新西兰鬣蜥、西伯利亚狼、倭水牛、鲔鱼等。不过，瓶子里面装着的东西却似乎没什么区别，全是黑乎乎一团。何夕打开背包，将这些玻璃瓶悉数收进，对周围的设备倒是并未过多留意。

"你不能把这里搞乱。"兰天羽大急，"韦洁如回来可能还要用到这些东西。"

"放心。"何夕大大咧咧地说道，"我只是用一下，以后会还回来的。我主要是不熟悉如何使用这里的设备，不然也不必带走它们了。"

"看来洁如把资料全带走了，"兰天羽颓然坐下，"没什么文字线索。"

"是吗？"何夕若有所思地四下巡视着，"我倒是有点发现。至少我敢肯定，有别的人比我们先到一步。资料应该不是韦洁如带走的，否则不会搜得像现在这么干净。"

"那个导游怎么不见了？"兰天羽突然嚷道，"我们叫他在外面等着的。"

"糟糕。"何夕暗忖不好，连忙拉着兰天羽朝室外冲去。

兰天羽挣扎着说："外面有巨蜥。"

"这个世界上最凶残的物种并不是科莫多巨蜥。"何夕拉着兰天羽一路狂奔，没跑多远，就听见身后传来混合着印尼语和爪哇语的吵嚷声。仗着树林浓密，何夕停下来示意兰天羽噤声。

只听得乱糟糟的人群从不远处经过，渐渐远去。

"我们也走吧。"良久之后，兰天羽轻声提醒道。

"往哪儿走？三米长的巨蜥你能对付几只？它们的尾巴能一下打死水牛。如果被这些家伙咬上一口，你全身的血液就会在几小时内生出几百个品种的高毒性脓菌，这种超级败血症根本无药可救。"

何夕露出狡黠的坏笑："我们只能回实验室待着，那里现在应该又安全了。待会儿搭其他游客的车出去。"

四

万隆是印尼第四大城市，巴查查兰大学就坐落在这里。

"中国人对这座城市是最耳熟能详的。"何夕四下眺望着街景，"小时候的课本里都提到过万隆会议。中国一位著名的领导人在这里发表了一次著名的讲话。"

兰天羽注视着街道上忙碌的人群："但你知不知道在万隆还有一个全印尼家喻户晓的故事，叫作《没见过太阳的人》。"

"有点意思，说来听听。"

"这是一个真实的故事，所谓太阳是指万隆本地的太阳。说是有一个华人，现在也没人清楚他到底姓什么叫什么，只知道他每天清晨天不亮就出发到雅加达做工，晚上天黑后才回来。就这样直到死，他一辈子也没有见过一天万隆的太阳。"

"有这样的事？"何夕问得有些多余。

"我都说了这是一个真实的故事。他只是千万华人的一个写照。"兰天羽声音低沉，"我和韦洁如的祖辈们都是那样的人。"

何夕沉默了，他当然知道兰天羽指的什么事。

吴俊仁是韦洁如的同事，看得出来这段时间他也关心着韦洁如的状况："凡是我知道的都会告诉你们，只要能早日找到韦洁如。"这个瘦高个儿中年男人显得有些憔悴。

"这些标本瓶麻烦你做一个检测，看看里面都是些什么。"何夕本能地觉得这个男人是足以信赖的，"你看，这些瓶子上除了标明物种名称之外，还有一些各不相同的数字，在新西兰鬣蜥上标的是 3，在亚马孙森蚺上标的是 23，在鲔鱼上标的是 15，在倭水牛上标的是 2，我想知道这些数字代表什么意思。另外，你能否告诉我们一些关于韦洁如的事情？"

吴俊仁的神情变得有些恍惚："怎么说呢？韦洁如是一位优秀的生物学家，取得的成就远远超过周围的人。不过我想，也许这并不是因为她更聪明，而是她付出了远超于别人的努力。实际上，在这个领域的多数人和我一样，只是把研究当作一种职业，但韦洁如显然倾注了更多的东西在里面。"

"什么东西？"何夕急切地问。

"我也不知道说得准不准确，应该是有点儿类似于信仰之类的东西吧。这使得她可以投入超出旁人几倍的精力，她可以在荒无人烟的小岛独自待上几个月，或者是一个人一连几周都在研究所的实验室里吃住。有时候我实在不忍心她这样劳累，想帮帮她，但老实说，我确实吃不了那样的苦，所以只坚持了很短的时间。"

何夕和兰天羽对视一眼，心里都涌起一种难以言说的感情。韦洁如就像置身于迷雾森林里的精灵，她的内心不知埋藏着多少不为人知的秘密。

这时，何夕的电话突然响了，何夕接听几句后脸色骤然一变："你先守在那里，我们马上赶到乌兰巴托。"

五

兰天羽这些天紧绷的神经终于抵受不住了，从新加坡樟宜机场一上飞机，他吃了点儿感冒药后便沉沉睡去。何夕虽然也感到疲倦，但那些林林总总的信息却顽固地在脑子里飘来飘去，他觉得自己就像进入了一片浓雾中的森林，前方仿佛有依稀的光亮，但更多的却是混沌和迷茫。

兰天羽侧过身，口里嘟哝道："快到了吗？"他的脸色看上去好些了。

"你醒了？"何夕关切地问，"刚才广播说还有一个小时就到。你这一觉可睡舒服了。"

兰天羽猛地撑起身，想到离韦洁如更近了，他的感冒也似乎好了许多。

一见面，铁琅照例给了何夕一记直拳，他的神色有些疲惫，可能没休息好。何夕破例没还手，蹙眉问道："怎么一下飞机就闻到这么股怪味儿？"

"今天风向不大对头。在乌兰巴托的冬天，你总会闻到这股味道，那是住在市区周围的人在烧煤取暖。"铁琅解释道，"蒙古人只需两个小时就能搭好一座蒙古包，现在蒙古国一半以上的人都住在乌兰巴托。你待会儿在市区就能看到，那些外来人口搭建的临时房屋已经将这座城市包围了。这也算当地特色。"

"有韦洁如的消息吗？"兰天羽直奔主题。

铁琅指着身边一个开车的身材壮硕的男子说："这位仁吉泰先生是朋友介绍的，这几天他一直和我一起调查这件事。"

"这没什么，大家都是中国人，帮忙是应该的。"仁吉泰嗓音高亢，估计是唱蒙古长调的好手，"根据我们的调查，韦洁如可能在特勒尔济。"

"那是什么地方？"何夕问。

"特勒尔济是蒙古近年发现的煤矿区，起初是国有的，现在已经私有化了。大部分产权属于一位叫赤那的人。矿区里有不少中国工人。"

"现在好像哪里都少不了中国人。"铁琅带点儿兴奋地说。

"也许吧。"仁吉泰的语气很平淡，"其实大多数中国人在这里也只是比国内多挣一点儿钱而已。当地人很不友好，最好不要单独外出。”

何夕颓然靠在座位上。

“我们现在是去特勒尔济煤矿区吗？”兰天羽问。

“是的，还有几百千米路程。”仁吉泰说，“一个多月前发生了一桩离奇的伤害案件，受害人阿金来自二连浩特，是我的老乡。他亲口告诉我说，他见到了一个周身冰凉、体温异于常人的男孩。”

“周身冰凉？”何夕惊叫一声，“那男孩在哪儿？”

“被那些袭击阿金的人带走了，警方根本没有认真调查这起案子，他们没把这当回事。铁琅来找我的时候，我们正在私下里调查这件事，我们要自己讨回公道，结果发现韦洁如当时就和那些人在一起，他们最后的落脚点就是特勒尔济矿区。”

“韦洁如和那些人在一起，岂不是很危险？”兰天羽方寸大乱。

“应该不至于。”何夕很镇定，“韦洁如说过是到蒙古从事研究，也许那些人想从韦洁如那里得到什么。”

“我也这样认为。”铁琅开口道，“那个矿区肯定有古怪。我去过一趟，那里的管理严得过分。那个叫赤那的人是蒙古有名的富商，而且好像还在一个叫什么‘白色口十字’的组织里身居要职，总之很有背景。”

白色口十字？何夕悚然一惊，这是蒙古国有名的新帮派，鼓吹民族主义和血统论。“现在只能从特勒尔济矿区查起了。”

何夕若有所思地看向车窗外，"我希望那个结果能快些传过来。"

"什么结果？"铁琅急切地问。

"一个能将这些线索连起来的结果。"何夕没头没脑地说了一句。疲倦感袭来，何夕放弃抵抗，靠着椅背沉沉睡去。

六

趴在荒地里潜伏两个小时对何夕来说是小菜一碟，但对仁吉泰来说就有些吃不消了。不远处是特勒尔济矿区的一个转运区，明亮的光柱循环扫射着整个区域。

"一个煤矿搞得跟集中营似的，这个地方肯定有问题！"仁吉泰低声咒骂道。

"人会来吗？"何夕也有些焦急。

"说好了的。估计是有事耽搁，看这阵势要出来也不容易。"

仁吉泰声音突然高了些，"那边过来个人。"

来人除了衣服上划了几道豁口，还不算太狼狈，脸上满是庆幸的神色。仁吉泰介绍道："这位是张林，也是我老乡，一个星期前专门进到矿区里调查那帮人下落的。"

张林一把抓过仁吉泰手里的水壶大口大口地灌着，过了半天才长长地舒了口气。

"这位是何夕先生，不是外人。"仁吉泰拍了拍张林的肩膀，"查到什么没有？"

"特勒尔济最近可能要发生什么事。"张林说，"几天前他们开始对中国籍工人加强了管理，专门排查了工人的情况，像我这样的都被找去谈了话，要求我们平时只能待在指定岗位，不得随意走动。"

"不过这也算不上什么大事啊。"何夕思索着，有些迟疑地问张林，"你想想看最近有没有这种情况，就是平时本来一直在某个地方干活儿的人突然看不到了？"

张林回忆了一下："这么说我倒是想起来，是有这种事。从前天开始，一个与我间隔几个工作位的矿工就没来了，好像说是回国探亲去了。但我记得原先聊天时，他曾经说过现在已经没有什么亲人了。"

仁吉泰看了眼黑瘦的张林："这些天辛苦了，等事情办完后我请你吃烤全羊。"

张林笑了笑："说起来这矿区里就存有几千只羊呢，但我们的伙食差得要命，老板太抠了。"

"你说什么，几千只羊？"何夕突然插话。

"是啊，这几天我亲眼看见运过来的，兴许还不止这个数。喏，就关在转运站的设备仓库里。"张林指着三十米外的一排房子说，"我也有些纳闷儿，看那房子应该装不了那么多羊的。"

何夕和仁吉泰面面相觑，他们俩的脸色变得有些苍白。

张林的鼻翼翕动："是有股羊圈的味道啊，你们没闻到吗？"他的声音突然颤抖起来，一种诡异的感觉浮上心头。是的，几千只羊就在区区三十米开外的房子里，还能闻到它们散发的气味，但是这里也……太安静了。

这时，何夕突然拿起电话接听，他的脸上闪过阴晴不定的神色。

"什么事？"仁吉泰问，"印尼那边的调查有新发现。我们先回酒店。"

电脑屏幕上滑过一排排的数据。

"这是些什么东西啊？"仁吉泰在一旁问道，他完全不明白这些数字代表什么。

何夕与铁琅却是凝神注视，生怕漏掉了重要的情况。

"吴俊仁检测出那些瓶子里都是动物的胃容物样本。"何夕下了结论，"看来韦洁如是在研究那些生物的食物结构。"

"那瓶子上标的数字和这些数据有关系吗？"兰天羽插话道。当天的经历实在太惊险，令他记忆犹新。

"吴俊仁已经做了比较，他分析出那些数字的大小似乎对应着胃容物蛋白质的含量高低，但比例却不完全吻合。"何夕说，"你们看，按胃容物蛋白质含量从低到高的顺序来看，这些数字的排列完全正确，却不符合比例，存在一个小的偏移。比如科莫多巨蜥的胃容物标号为21，蛋白质含量19%；倭水牛的胃容物标号为2，蛋白质含量为1.2%。吴俊仁对这些标本全部做了这样的运算，结果所有标本都存在这个微小的误差，而且这个小的差异表现没有明显规律，就像是一个混沌的扰动，吴俊仁对此也无法解释。"

"会不会是这个数字并没有对应着蛋白质，而是对应着别的什么成分？"铁琅分析道。

何夕很肯定地说："不会的。按这个思路，其他的成分吴俊仁也考虑过，比如说碳水化合物或者维生素等，但完全对不上号。只有蛋白质含量显示了与数字标号的关联，但这个没有规律的差异又怎么解释呢？"

"我们还是先想想怎么找到韦洁如吧。"兰天羽有些着急地开口，他看不出何夕有什么必要为一些莫名其妙的事情耽误时间，"这些无关紧要的事情可不可以等以后再说？"

何夕拍拍兰天羽的肩膀："我们现在做的这些事情正是找到韦洁如的关键所在。"

"什么意思？"兰天羽不解。

"我们必须知道韦洁如在黑夜里吟唱的是一支怎样的旋律。"何夕突然头没脑地说了一句。

七

冰碴儿在靴底传来破碎的声音。两道黑影矫健地穿行在空地中，做出一连串标准的军姿动作，躲避四处扫动的灯柱。

"看来这些库房已经被改造过了。"铁琅打量着结实的合金门，"采煤设备肯定不用这么夸张的，居然用的以色列 DDS

的门禁。这里也就是个羊圈，就算跑几只也损失不了几个钱啊，搞不懂这些有钱人在想什么。"

"看来是防止外人进去。"何夕弓着身子紧张操作，便携式计算机的屏幕上快速滚过串串代码，二十分钟之后，终于响起了攻破密码的嘀答声。

何夕和铁琅一进门就僵住了。在仓库里搭建着层层叠叠的笼子，难以计数的蒙古羊就倒伏在里面，一动不动，姿势千奇百怪。

"这么多死羊？"铁琅打了个冷战，"看来我们闯进了一个坟墓。"

何夕打开红外眼镜："它们没有死，还活着。它们的平均体温比环境高半度左右，在红外眼镜下有微小差异。既然有温度差异，就说明有新陈代谢存在。"

"那它们现在这样算什么？"

何夕咧嘴一笑："我觉得是在冬眠。"

"冬眠？就像冬天的熊那样？"铁琅吃惊地问。

"不一样。"何夕摇摇头，"熊冬眠时体温只降低十摄氏度左右，现在这些羊的情况和熊完全不同，体温和环境基本一致，还不到七摄氏度，新陈代谢几乎完全停止，倒是和蛇类的情况很相像。"

"像蛇？"铁琅盯着那些雕塑一样的生灵，如果不凭借仪器，谁也看不出这些还是活物。

何夕深吸口气，"你还没明白吗？对这个草原国度来说，我们现在看到的是一桩非常了不起的奇迹。"

铁琅立时明白了何夕的意思。的确，多少年来牧人们都在为牲畜的越冬而发愁，不要说增重，能靠着积攒的大量饲草让骨瘦如柴的牲畜活到春季就算是老天保佑了。但现在让牲畜冬眠却使问题迎刃而解，也许只有何夕所说的"奇迹"这个词才能够恰当地形容这件事情的意义。铁琅一时间觉得头竟然有些晕。

"我现在有点儿明白韦洁如到底在做什么了。"何夕从震惊中恢复过来，"她付出那么多心血看来是值得的。"

"这是件好事啊。但为什么搞得这么古怪？"铁琅不解地问，"这样的成就是可以造福全世界的。"

"说明其中还有一些我们不知道的原因。"何夕淡淡地说，这时他的耳机里突然传出监控警报声，"外面好像有人正在接近这里，我们赶快出去。"

"根据情报，以前这里是没有人巡逻的。"铁琅在山包后看着那些停留在仓库入口处的人员说。"看来他们加强了戒备，我们下一步去哪儿？"铁琅小声问道，"我觉得那个赤那透着一股神秘，他以前是牧场主，近来取得了不少矿山的经营权，特勒尔济只是他的部分产业,这种急速的扩张背后肯定有玄机。"但是铁琅发现何夕好像没有听他说话，而是目光飘忽地看着远处，不知在想什么。

"原来是这样。"何夕突然轻呼一声，"对，应该是这样。"

"你说什么？"铁琅不明就里地问，"你在听我说话吗？"

何夕没有搭话，自顾自地拿出便携计算机演算起来。过了几分钟，他嘘出一口气说："尤里卡。"

听到这个词，铁琅立即知道何夕有了发现。当年阿基米德在浴盆里洗澡，突然来了灵感发现了浮力定律，就惊喜地叫了一声"尤里卡"，意思是：找到办法了！

"原来，那些标本上面标的数字并不是蛋白质比例，而是氮元素的占比序列。虽然这两者存在正向关联关系，但毕竟有所区别。现在将数据换算到氮元素，一切都完美吻合了，误差不到百分之一。"

"这能说明什么？我觉得两者应该算是一回事啊。"铁琅插话道，"谁都知道蛋白质的重要构成成分就是氮元素。"

"在韦洁如的笔记里提到过一种她称为进化过度的现象，她认为有某种对生命而言最根本的元素推动了这种现象的发展。现在我想她指的应该就是氮元素。"何夕不紧不慢地说。

铁琅的表情有些呆，"我不明白这是什么意思。"

"我也不明白。"何夕摇摇头，"我知道的不比你多多少。这里是转运区，三千米之外就是特勒尔济煤矿的核心所在地。那里应该有我们想知道的答案。"

八

"张林又传回了新的情况。"仁吉泰急匆匆地进门来。

"什么事？"何夕问。

"有一个片区长今天欺压工人，他和几个人看不惯，一起把那个家伙揍了一顿，算是出了口气。"仁吉泰语速很快，"那人还被捆着，但现在张林他们不知道该怎么办。"仁吉泰叹了口气，"这个张林也太冲动了点儿，看来只能让他先撤回来了。"

何夕愣了几秒钟，一丝亮光从他眼里闪现："我们也可以利用这次意外。你让张林给那个家伙多拍几个角度的照片传过来。"

十分钟后，何夕仔细审视手机上发来的照片："这个家伙个子倒是和我差不多，长得真像中国人。"

"他本来就是中国人，名叫李青。"仁吉泰说，"这个煤矿的中国工人占多数，有不少中层管理人员是中国人。"

何夕和铁琅对望一眼，一时无语。

"现在开始制作硅胶面具，时间是紧了点儿，但达到八九分的相似度应该没问题。"何夕开始摆弄设备，铁琅自然密切配合。一个多小时后，何夕在镜子前戴上面具端详道："我的脸型稍宽了点，不过应该能混过去的。"

铁琅点点头："我的身高差太多，也只有你去了。你会的蒙古话不多，一定要多加小心。"

何夕转头看着铁琅："你今天再去查一下转运区的仓库，有情况就通知我。"

"就是那个羊圈吗？"铁琅有些意外，"上次不是看过了吗？"

"当时有人来打断了调查，不知怎么回事，我总觉得里面说不定还藏有什么秘密。发现什么就马上联系我。"

何夕也知道此去风险难料，他朝着屋里一群人点点头，递给仁吉泰一张字条："记住这个电话。如果明天这个时候我还没有消息，你们就打电话寻求帮助。"

兰天羽突然开口："我们不需要打那个电话。我相信你。"

铁琅却是不置一词，只照例在何夕的前胸捶了一拳。

从井下出来，何夕望着灰蒙蒙的天空立刻开始大口呼吸，他在井下待的时间并不长，只是去取李青的工作牌。到了井下，何夕才知道这个排得上号的矿区条件有多糟，中国工人在这种恶劣的环境下工作，只是为了比在国内多挣那么一点点。

办公区散布着几幢启用不久的建筑，都是只有几层的楼房。何夕夹着一个袋子埋头赶路，就像一位急着传送文件的职员，一路上尽量不引起别人的注意。然后，何夕停在了一幢灰白色的建筑前，这里看上去同刚刚经过的几处地方并没有什么不同，但何夕眼里却突然显出一丝兴奋的光。他目不斜视地进门，穿过门厅径直上楼，到了顶层直接右拐，余光可以看见左边走廊上转悠着几名警卫。何夕迅速推开一扇贮藏室的门，现在他只能从顶上的通风道进到守备森严的左边走廊。

通风道里也设置了监控，虽然不至于不可逾越，不过也给何夕增加了一点儿麻烦，但这样严密的防备也让他确信自己正在往正确的方向前进。刚才让他驻足的是某种气味，他判其中至少有苯酚和氯仿两种东西存在，他想不出在一个矿区的办公区里这两样东西有什么用途，但他却知道它们是 DNA 萃取工艺中经常用到的。何夕看看表，已是晚上七点。通风道下方的房间已是空无一人。通过夜视镜，何夕确定这里是一间设备完善的实验室，不时有一些动物的叫声突然撕破寂静，在黑暗中听起来有些瘆人。

何夕在一个通风口处停下来。下面亮着灯，是一间稍小的实验室，角落里摆放着一张简易的午休床，一个白衣女子正坐在上面看书。何夕端详着这个狭小的通风口，小心地取下上面的隔栅。何夕探出右手，接着，他的身体开始拼命地扭动。

白衣女子吃惊地回过头来，何夕这才发现韦洁如比照片上显得更瘦也更美，某种朦胧的光在她眼里浮动着。实际上，她整个人都给人一种不大真实的感觉。韦洁如的紧张只持续了一瞬间，很快她便恢复了镇定，一语不发地看着闯入者。

"我以为你会尖叫。"何夕只露出了半边身体，悬在半空中有些尴尬地开口道。

"如果有用我会的，但实验室之间保持着完备的隔离，外面听不到这里的声音。"韦洁如淡淡地说，她看了眼何夕胸前的工作牌，"你是中国人？"

"这个牌子是借用的。我叫何夕，是兰天羽的朋友。"

"哦。那你是想带我走吗？"韦洁如仍然是那种淡淡的口吻，仿佛早料到会发生这种事情。一时间，何夕有些怀疑这个世界上还有什么事情能让这个女人挂怀。

何夕翻身落到地上，脸上露出了苦笑："那些监控虽然没能阻止我进来，但想带你出去却是不可能的。至少这个通风口你是无论如何也穿不过去的。"

韦洁如看了眼通风口："要不是亲眼所见，谁都不会相信居然有人能穿过这个孔，这是瑜伽术吗？"

"这是中国道家的柔身术，和你说的瑜伽术差不多吧。不过，我看你好像并不怎么吃惊。"

"别忘了我是一名生物学家。动物界有的是变形大师，你刚才的举动虽然神奇，但比起章鱼来还差得很远。"

"你的亲人很担心你。不过，我看你现在的情况不算糟糕。"

"我的研究资助方要求我暂时不能跟外界联系，等这里的事情忙完之后我会同他们联系的。"韦洁如优雅地抚弄着长发。

"什么事情？"何夕似笑非笑地问，"那群冬眠的羊已经足以让你在科学史上留名千载了。"

韦洁如急促地抬起头："你看到那些羊了？"

何夕点点头，"不过，你的目标恐怕不只是让绵羊冬眠吧？

虽然这已经是相当了不起的成就了。我猜你想要改变的东西其实是——"何夕停顿了一下，"进化的方向。"

韦洁如第一次显出震惊的表情："你到底是什么人？你想知道什么？"

何夕的神情变得古怪："我想知道是一首什么样的歌让你在地狱里永夜歌唱。"韦洁如如遭雷击般颓然坐下。

九

一缕轻雾在瓷杯上缭绕，韦洁如出神地望着这缕雾气："这是四川峨眉山的明前花茶，多少年来我和家里人都喜欢喝。说起来，我还从没有到过中国呢，虽然家谱里明确地记载着我们的根在那里，但实际上那里对我们来说更像是一个没有什么意义的空洞概念。也许我和那里的联系就只是这杯茶了。我们的一切，包括灾难和痛苦都和那里没有什么关系了。"

"我知道你的感受。"何夕的心里一阵难过，"那些作恶的人一定会遭到报应的。"

"报应？"韦洁如突然有些失态地大笑起来，声音撞击在墙壁上竟然带有金属的铿锵，"在他们的教义里，杀死低贱的人是积累功德，将会得到神的奖赏，何来报应？"大笑中，泪水抑制不住地从韦洁如眼里淌出，而与此同时，她的身体剧烈地颤抖着，几乎要栽倒。

何夕急忙扶住韦洁如，他的肩膀立刻被泪水打湿了，一时间，何夕感到在怀里啜泣的是一个失散多年的与自己血肉相连的姐妹。

良久之后，韦洁如平静下来："让你见笑了。我已经许多年没有哭过了，没想到今天这样失态。这个世界每天都在上演着无数悲惨的事件，相比之下，我的故事其实普通得很。"

"无数悲惨的事？"何夕问，"你指的什么？"

韦洁如摇摇头："你不会明白的。"她的声音变得低沉，"世上的生命从降生之日起便是堕入无边苦海，永远得不到解脱。"

"你好像受了宗教的很多影响。"何夕斟酌着说，"苦难的经历往往会把人带入这个方向。不过，我也觉得佛陀说的一些话的确很有道理，可以助人开悟解脱。"

"佛陀？"韦洁如冷冷地哼了一声，"那些问题恐怕连佛陀自己也无法开解吧。"

"你指什么？"何夕没料到韦洁如竟然这样讲。

"你听过一个故事吗？"韦洁如的声音变得和她的人一样有些不真实，"两个和尚在山路上遇到一只白羊哀哀求救，在它身后跟着一大两幼三头饿虎。小和尚正要杀虎救羊，老和尚却说羊吃草虎吃羊物性本来如此，虎何罪之有？小和尚说：'那我只救羊不杀虎。'老和尚说：'三头饿虎多日未食随时有倒毙之虞，救羊同杀虎无异。'小和尚血气上涌说：'那我今日效法摩诃萨青，舍了这副皮囊救下此羊总可以吧。'老和尚却猛然掌掴小和尚道：'此三虎并不曾食人，你今日妄自舍身让它们知道人肉滋味，却害得日后不知有多少乡民要死于虎吻。'"

"那怎么办？"何夕忍不住插话。

"小和尚也是这么问的。结果老和尚说了一句：'佛曰不可说。'我想，佛自己也的确是不知道该说什么吧。"

何夕倒吸了口气，这个简单的故事却让他陡然有种惊心动魄的感觉，如果换作自己面临这样的选择，恐怕也只能是"不可说"吧。

"这的确是个怪圈。"何夕说，"我想生命本身就诞生在这样的怪圈之中。"

韦洁如的眼睛亮了一下，有些诧异地盯着何夕。

"你的笔记对我有所启发。"何夕笑了笑，"生命本质上就是一团从外界攫取能量用以构建自身秩序的物质，而热力学定律注定了这是以外部秩序的丧失为代价的。园子里的一株草、一朵花很对称，很有秩序，很美丽，但羊要生存就必须把花和草咀嚼成无秩序的一团混乱物质咽到胃里。"

何夕的眼睛变得很亮："在你的野外实验室里，我找到了一些标本，我想你重点研究的是生物的氮元素代谢吧。"

韦洁如难以掩饰自己的震惊："说实话，我真的怀疑你是我的同行。"

"我算不上，我只是对你的专业有些兴趣。"何夕解释道，"你在笔记里说自然界的进化已经过度,而且由于人类的参与,这个过程愈演愈烈。老实说，这些观点我理解起来感到有些吃力。"

"地球生命的自然进化说起来有三十八亿年的历史，但实际上生命一直称得上平静地度过了三十亿年，直到六亿年前生命现象依然低级而简单，当时所有的生物都还是单细胞状态。我们现在所习惯的那种弱肉强食、适者生存的进化场面实际上是从寒武纪生命大爆炸之后才开始的。在那之前的三十亿年里，生命体甚至还没有长出严格意义上的嘴巴，但后来短短三亿年里进化的力量便造就出了邓氏鱼每平方厘米五吨的恐怖咬合力。"

"这很正常啊。就像猎豹和羚羊一个追一个跑，经过几万个世代，它们的速度自然越来越快。"

"这的确就是自然选择的力量。人们都说适者生存，其实称为弱者毁灭更准确。一只羚羊真正的敌人并不是猎豹，在羚羊的一生中并没有几次机会单独与一头猎豹较量，实际上，很可能就只是最后的那一次而已。但它却会千百次地与同类竞技，筹码便是自己的生命。"韦洁如的脸庞上泛起异样的光彩，"捕猎者选择对象时同样遵循着铁的规则，总是选择羊群里最弱的一只，否则它的生命也不会长久。就平均能力来看，没有任何一只羚羊能战胜猎豹，但在这种比拼生死时速的竞赛里，规则并不是冠军获奖，而是最后一名受到惩罚。所以，羚羊从来就没有打算战胜猎豹，它只需要战胜任何一个同类就行。也就是说，同类的优秀是它的噩梦，它真正意义上的敌人是群体里的另一只，即使那只羊是它的同胞兄妹。"

"萨特当年说过一句'他人即地狱'，他说这句话时，人类已经在地球上占据了食物链的最顶端。"何夕幽幽开口，"看来这句话其实对任何层次的生物群落都适用，虽然它们并不能理解这句话。"

"这很难说。"韦洁如打断何夕，"也许羚羊早就明白这个道理了。"

这下轮到何夕吃惊了："这个说法太牵强了吧！"

"羚羊虽然是一种弱小的动物，但头上那对锋利的角却是可怕的武器，可你看到过羚羊用角对抗猎豹吗？"

何夕茫然地摇头，他有些明白韦洁如的意思了。

"作为生物学家，我也从来没有看到过羚羊用角来对付猎豹，却无数次地看到它们与同类用角进行殊死格斗，实际上可以说，那对锋利的角本来就是为了与同类厮杀才进化而来的。不仅羚羊如此，所有生物都会把自己杀伤力最大的武器施加在同类身上。我在求学时看过一个纪录片，拍摄的是非洲某个狮群的故事。原先的狮王战败身死之后，继任的狮王四处搜寻并屠杀老狮王留下的幼崽。画面上，幼狮拼命逃跑，当时我们一帮同学都忘记了这是影片，全都大喊着'快跑啊快跑啊'。当最后一头小狮子也被咬死之后，除了教授之外，我们每个人都流下了泪水。教授对我们说，这就是自然进化的铁律，为了让母狮尽快发情产下自己的后代，雄狮选择了这种做法。从自然选择的角度来看，这也是唯一正确的做法，因为那些不这样做的'仁慈的'雄狮难以留下自己的后代，它们早已被进化的力量淘汰。"

"这听起来的确很残忍，我知道有些人类部族以前也有杀婴的习俗，进入文明时代之后才杜绝了这种现象。"何夕点头道。

"文明……"韦洁如低叹一声，"人类对付狮虎等异类用的不过是猎枪罢了，而对付同类却动用了原子弹这种来自地狱的武器。其实这一切的根源都出自达尔文发现的那个自然选择，它就像是水面上时刻准备吞噬一切的巨大漩涡，生命一旦掉进这个陷阱便万劫不复，所以它们选择了拼命奔跑。"

"但也正是自然选择让这个世界变得多姿多彩，甚至我们人类能成为智能生物也是拜进化所赐。没有自然选择，说不定你我现在还是水坑里的原虫。"何夕忍不住提醒道。

"我没有否定自然选择的作用，但这种力量过度发展会导致无法控制的结果。自从越过造物主的防线之后，加上人类的参与，谁也无法预料进化会把世界带向何方。"

"造物主的防线？"何夕陡然一怔，短短时间里，韦洁如带给他的意外太多了，他觉得眼前这个女人浑身都笼罩着一层迷雾。

十

　　"这是我提出的一个概念。"韦洁如保持着淡然的口吻，"自然界早就设立了一道防线，这道防线就是氮元素。生命现象的基础元素无疑是碳，所以有人称我们是碳基生命，但构成蛋白质的最核心元素是氮。氮很不活泼，只有通过硝化作用转变成离子才能被植物吸收。能够完成这一转变的除了闪电和宇宙线辐射之外，就是一些极特殊的微生物。对植物来说获取碳非常容易，但获得氮却是很困难的事情，而到动物出现后，这个问题更是成了一个瓶颈。所以，它就像是一道奇特的防线。"

　　"动物不是以植物为食吗？只要植物里有氮就行了啊。"

　　"动物的生理多样性远远超过植物，这实际上依赖于蛋白质的多样性。一般草本植物的总体蛋白质含量低于 1%，而一头牛的身体蛋白质含量可达 20%，所以动物对氮元素的需求量远大于植物。史前有一种恐龙，身长超过五十米，体重超过一百三十吨，在原野上行走的时候，每一步都会使大地颤抖，就像地震一样，所以学界将它命名为'震龙'。如此巨大的身体决定了它们食量惊人，但是它却长着很小的脑袋和嘴，也就是说它的嘴根本跟不上身躯的演变。根据推测，它每天必须用二十三个小时的时间来进食，为了进食，它几乎连睡觉的时间都没有。你觉得这种生物能算是成功吗？"

"我不知道。"何夕老实地回答，"不过也许震龙自己喜欢这样。"

"从进化角度来看，震龙算不上成功，庞大的身躯大大降低了它们适应环境的能力，实际上震龙很快就灭绝了。那个时代的草食恐龙都长着一具庞大的身躯，传统的解释是防御天敌，但实际上，肉食恐龙肯定会随之变得巨大，这种防御方式作用非常有限，得不偿失。其实真正的原因很简单，这一切都是迫不得已的结果。"

"迫不得已的结果？"何夕重复了一句。

"我说过，植物对氮的需求远低于动物，结果那些恐龙为了从植物中获得足够的氮只能选择增加食量。但满足了氮的需求之后，它们却摄入了超出需要五倍以上的碳水化合物，这些多余能量在当时只能通过进化出庞大身躯来承受，所以它们的身体其实是一种无奈的畸形副产品。有一个司空见惯的现象不知你是否注意到了？世上所有的蛇都是肉食动物。我想，如果蛇选择吃草的话，它们也极有可能进化成巨无霸，重蹈远古祖先的覆辙。"

"如果生物当初一直不越过这道防线会是什么结果？"何夕突然插话。

韦洁如稍稍愣了一下："只能大致判断在那种情况下，生物特别是动物的多样性会大幅减少，动物的行动将变得更迟缓，高级智能的产生也将遥遥无期。总之，那将是一幅显得有些平淡的世界图像。"

"也就是说，造物主原本不希望生物圈多姿多彩？"何夕疑惑地问。

"你肯定知道那个'奥卡姆剃刀'吧？"

"知道，我记得大意是说，如果有两个理论能得出同样的结论，那么更简单的理论是正确的。也有人把它概括成简单就是真实。用这个原则可以解释恒星为什么是球形，也可以解释基本粒子的性质。"

"这个原则在众多领域都取得了巨大的成功，一直被奉为科学界的无上法则之一。但我在研究中却发现它遇到了挑战，进化似乎有一种偏向复杂的趋势，最成功的生命往往是最复杂的，比如人类的大脑就是已知宇宙中最复杂的事物。奥卡姆剃刀无疑是正确的，但因为达尔文陷阱的可怕威胁，生命最终竟然超越了这个原本左右着全部物理世界的法则。自然界并没有先知先觉的设计者，氮元素防线体现的是负熵的节约，对任何生物圈来说，负熵都是一个有限的值。根据我的研究，生命在氮元素防线以内处于可控状态，一旦突破这道防线就会失去制约，谁也无法预料生命将去向何方。这就像人类虽然千万年来一直争战不休，但地球生物圈作为整体仍是安全的，而一旦到了使用原子武器的地步，情况就截然不同了。其实我的很多同行都认为，当地球上产生了人类这种智能生物时，这颗星球的结局就几乎注定了，它很可能在将来某一天被自己孕育出的智慧生命毁灭。"

何夕沉默了几秒钟："那你所说的防线突破事件发生在什么时候？"

"三叠纪晚期，距今约两亿年。听起来很长，但在地球三十八亿年的生命史中只占5%。当时出现了摩根兽那样的原始恒温动物，它们选择了一种简单而奇特的方法来解决巨型恐龙面临的难题——升高体温从而将多余的80%的碳水化合物燃烧掉。这件事情称得上宇宙中的划时代事件，虽然这种事情在宇宙中可能发生过不止一次。"

"有这么夸张吗？"何夕有些难以置信地问。

韦洁如的脸上浮现出一丝敬畏："虽然我们平常提起宇宙时指的是时间和空间，就像中国古人所说的'古往今来曰宇，四方上下曰宙'，但相比于时空，能量才是宇宙中至高无上的存在。大爆炸理论已经阐明，包括时空在内的整个宇宙本身其实都是能量的产物，所以能量节约法则一直是宇宙中先验的存在，但现在这个法则却被一种叫作恒温动物的事物打破了，它们为了生存，居然学会了抛弃能量，所以我称之为划时代事件绝不为过。而且，在地球上采取这种做法的还不只是恒温动物。"

"还会有别的生物吗？"何夕喃喃低语。他觉得今天在韦洁如面前，自己的脑子似乎有点儿不够用了。

韦洁如补充道："某些昆虫为了相似的目的采取了另外的方法来处理这种'多余'的能量，最有名的便是蚜虫不断将大量含糖的蜜露排出体外。"

"可一般性的解释是它为了吸引蚂蚁的保护。"何夕插话道。

"这个解释是典型的本末倒置，那只是附带获得的效果。一些种类的树蝉也喷出大量蜜液，它们可并不需要别的生物保护。"

"可是有一点，恒温动物的确有生存上的优势啊，它们受环境影响更小，可以在变温动物无法生存的极端地区生存，比如说两极地区。"何夕忍不住辩驳道。

"在两极地区，即使是现在也只生存着总量不到万分之一的地球生物。热带和温带已经提供了足够广阔的生存空间，进入极端地区生存并不是恒温动物产生的目的，而只是这一事件导致的附带结果。"

"但恒温动物有更敏捷的反应和运动速度，这总是优势吧。有些昆虫在清晨甚至不能飞行，必须等到阳光晒暖身体后才能动弹。还有像鳄鱼和蛇等都需要阳光帮助消化。"

"所有的鱼类都是变温动物，你听说过需要暖身后才能运动和消化的鱼吗？要知道，有些寒带鲔鱼的游泳速度可以超过猎豹。"韦洁如脸上露出颇有深意的笑容，同何夕的争论让她感到几分惬意，"这只是因为体内酶的功能差异罢了，只要有酶的支持，变温动物一样可以灵活而敏捷。你也许认为哺乳动物比爬行动物成功，其实这更像一个错觉，爬行动物的进化史远远长过哺乳动物，能长存至今足以证明它们是成功的。根据测算，变温动物的食物中只有百分之十几转化为热量散发，而恒温动物的这个比例超过 70%。有些小体型恒温动物对能量的依赖惊人，小鼩鼱每天要吃超过体重三倍的食物，实际上它根本不能停止进食，否则马上就会死于体温下降。恒温动物一方面'抛弃'着能量，另一方面它们对能量的依赖又远远超过变温动物，生命进化中总是充满这种怪圈和悖论。"

何夕觉得自己已不能说话，一时间他被韦洁如展示的这幅奇异的生命图景彻底震惊了。他的脑海里浮现出一颗在虚空中静静旋转的星球，亿兆千奇百怪的生灵在它的表面聚集成薄膜般的一层，涌动着，嘶喊着，挣扎着。每个角落都潜藏着黑暗的巨手，每时每刻都有无数疲于奔命的个体被拖进无尽渊薮的最深处。隐约中，他似乎领悟到当年庄子为什么在《秋水》里向往做一只在泥地里自由甩尾的乌龟。

但是韦洁如似乎不准备放过他："你看到的那些蒙古羊是第一批被改造成功的实验品，在同样生长速度下，它们的食量是普通绵羊的十分之一。也就是说，在不增加现有饲料的条件下，它们的产量可以提高十倍。而且它们还具有冬眠优势，其实自然界中哺乳动物冬眠并不罕见，比如蝙蝠、黄鼠、旱獭等，主要表现为心率慢至每分钟五六次，呼吸每分钟一次左右，体温比平时降低十摄氏度左右。不过，在这种情况下仍然会消耗相当的能量，比如刺猬经过冬眠后，体重会降低三分之二。但你看到的那些绵羊的冬眠完全是另一回事，它们的新陈代谢几乎停止，就算经过一个冬天，它们的体重也没有多大变化，你应该明白这对畜牧业意味着什么。唯一的缺陷是，那些绵羊在环境温度低于四度时会被冻死，这一点和某些蛇类相似，实际上它们体内的某些基因片段就来自蛇类。不过，今后这个缺陷应该能够有所改进。"

"说实话，我对你真的很佩服。"何夕由衷地说，"这是可以改变世界的发明。"

"改变世界？"韦洁如神色若有所动，"这个世界上充满了争斗、欺骗、掠夺，善良的人成为牺牲品，穷凶极恶者却享受尊荣。我父母辛苦经营几十年的橡胶园在一夜之间就被抢走，我看着他们被活活打死。"韦洁如的声音变得高亢，一种妖异的光芒从她眼里放射出来，使得她全身散发出一种摄人心魄的气息，就像是一个来自洪荒的女巫，"那时，我还是一个十多岁的小女孩，就守在父母的尸体旁。小女孩的泪水已经流干了，她不知道为什么会发生这种事情，她想是不是因为世界上的橡胶园太少了，或者是世界上的食物太少了，所以人们才会这么野蛮地掠夺和屠杀。那个小女孩接着想，如果世界上能多一些橡胶园，多一些食物，也许她的父母就不会死。"

何夕默默地看着面前这个显得有些喜怒无常的女人，等她再次平静下来之后才开口道："我理解你的想法，而且我也认为你的成果很伟大。但是无论有什么理由，都不应该将这套理论用于人体实验。"

"你说什么?"韦洁如脸色不悦地打断何夕,"我们的目标只是解决食物和能源问题,我从来没有考虑过将这个成果用于人类。"

这下轮到何夕愕然了:"这么说你不知情?但是我这里有份警方的记录,里面提到过一个没有体温的小孩。"

韦洁如接过何夕递来的资料,快速地翻看着,脸上阴晴不定。这时,何夕的电话传来振动,铁琅的头像在屏幕上显现出来:"你没猜错,我在仓库里有非常惊人的发现。"铁琅语气凝重地说,"你还是自己看吧。"

屏幕上换了画面,在微弱的照明下,可以看到地上并列放着一排透明的柜子,仿佛一口口小小的棺材。不知怎的,何夕陡然感觉一股寒意从背脊处升起,他不禁打了个冷战。镜头移近了些,一张张稚嫩的面庞映入画面,他们双眼紧闭,脸色苍白无比。

"我的天,怎么会发生这种事情?!"韦洁如转身撑住桌面,在极度的震惊下,她有些语无伦次,作为业内专家,她完全知道非法人体实验意味着什么,"他竟然欺骗了我,这个无耻的骗子!"

"你是说赤那?"

"不是他。是山迪昂万,一个印尼人。"韦洁如的表情变得复杂,"赤那只是他的合作者,没有掌握核心的技术。"韦洁如知道她无比珍视的科学生涯在此刻被终结了，一丝近于幻灭的神色在韦洁如的眼里浮现，短短几分钟时间，她仿佛苍老了十岁。

"我在印尼见到过这个人，他好像还领导着某个势力庞大的崇尚种族主义的帮派。"何夕若有所悟地开口道，"只是没想到这两个相距万里的罪恶帮派居然搅和在了一起。"

韦洁如镇定了些："他今天已经到了蒙古，等一会儿就会到这里来。你快走。"韦洁如犹豫了一下，似乎在下着最后的决心。然后，她打开旁边的冰柜，小心地取出两支装着紫色液体的管子递给何夕，"这就是用于生物改造的'蛇心'试剂，加上你们在转运站仓库里拍摄的资料，可以作为指证山迪昂万和赤那的证据。"

"你——"何夕突然一滞，望着眼前陡然变得无比憔悴的韦洁如，他一时间不知道该说些什么。末了，他郑重地点点头说："等到中国更加强大的那天，请你一定来看看，我陪你到峨眉山喝最好的新茶。保重，我的同胞姐妹。"

十一

山迪昂万穿着爪哇人的传统服饰，脸上带着地位尊贵者固有的倨傲。几位随从进门巡视一番之后便自觉出去，只留下山迪昂万和韦洁如。

　　"怎么？他们就一直安排我的首席专家住在这种地方？"山迪昂万露出笑容，伸手轻抚着韦洁如的腰，"很久没说汉语，都有些生疏了。"

　　韦洁如挪步走开几米："是我自己要求的，这样我可以随时安排实验。"

　　"'蛇心'试剂不是已经成功了吗？等到这批绵羊在春天苏醒之后，我们就向全世界公布这个伟大的发现，你的名字将载入人类科学史。"山迪昂万大声说道。

　　一丝光亮从韦洁如眼中升起，但很快就陨落了，她沉默地看着这个喋喋不休的男人在她面前继续表演，似乎想用目光从他脸上剜下一块肉来。

　　山迪昂万说话太投入了，没注意到韦洁如的异样："你现在倒是应该多花些精力来证明我提出的人类起源理论，既然人类在近两百万年前就生活在爪哇岛上，我认为爪哇就是人类的发源地。"

　　"爪哇人化石的确有一百八十万年的历史，但根据研究，他们是从非洲迁徙来的。而且分子生物学的成果已经证明那一批爪哇人后来完全灭绝了，现代人是数万年前重新由非洲再度迁徙而来的。"

　　"去他的什么分子生物学！"山迪昂万强横地大叫，"我就是要证明爪哇岛是人类的起源地，爪哇人是最正统最优秀的种族。因为我提出的这个观点，已经有越来越多的人支持我，这次选举我已经大幅领先。你要做的就是多找些证据来支持我的观点！"

"我找不到这样的证据。"韦洁如冷冷地说，"我不是政客，更不是宣扬种族主义的人，我只是一个许身科学以求给人们带来福祉的生物学家。"这时，她仿佛想起了什么，突然黯然神伤，"当然，以后不再是了。"

"你什么意思？"山迪昂万狐疑地问。

"你还想骗我吗？"韦洁如悲愤地看着山迪昂万，"你竟然瞒着我进行'蛇心'试剂的人体实验！"

"这从何说起？"山迪昂万打了个哈哈，"再说没有你的参与，我怎么能办到这样的事？"

"你还想骗我多久？我已经亲眼看到了证据。我身边的那些助手都是你安插的，他们都是你的爪牙！"韦洁如愤怒地说。

"别说得这么难听。我承认是做了几次实验，只是因为知道你会反对才暂时瞒着你的。"山迪昂万知道再否认也没有什么意义，脸上却是一副满不在乎的神情。

"你明明知道'蛇心'试剂现在的失败率超过20%，用于人体实验和故意杀人有什么区别？你毁了我，你知道吗？你毁了我无比珍视的科学生命！"韦洁如痛哭失声，满头乌发痛苦地颤抖着，"而且现阶段'蛇心'试剂对恒温动物的改造会导致思维迟钝，根本就不适用于人类。"

"既然你都知道了，我也不用再瞒你。实验中是死了几个华人小孩，算他们命不好。不过也成功了十多例，现在他们和那群绵羊一起正接受冬眠实验。以后他们将会在赤那的牧场工作。想想看吧，他们要求极低，而且头脑简单听从指挥，到了冬天就和绵羊一起冬眠，连那点儿微不足道的饭钱都省了。赤那兄弟非常满意。"

"那几个孩子是怎么死的？"韦洁如反而平静下来。

"还能怎样？你知道对'蛇心'试剂剂量的把握一直是个难题，稍有差池就会造成心脏冷凝破碎，结果那几个小孩就死喽。"山迪昂万语气轻松，仿佛在讲一个笑话，"都是在各地找来的孤儿，没引起任何麻烦。"

韦洁如眼前一阵发黑，她感到自己仿佛正在堕入无尽的深渊："你是个魔鬼，你毁了我的心血，也毁了我！"

"别忘了我也救过你的命。虽然二十年前是我强暴了你，但也是我把你藏了起来，否则你早被人杀死了……"

"你不要再说了，求求你不要再说了！"韦洁如捂住耳朵，脸色苍白如纸。

山迪昂万舔舔嘴唇，得意地沉浸在往事中："那时候你只有十多岁，每天穿着洁白的衣服坐在漂亮的小汽车里，像仙女一般从我面前经过。你一定没有注意到有一个浑身脏兮兮的男孩每天都盯着你看。那个男孩看着你，还有你的漂亮房子和车子，心里疯狂涌动着有朝一日占有这一切的欲望。没想到这一切来得那么快，那天早晨，当我看到满街的人群，我就意识到梦寐以求的时刻终于到了。当时我的亲戚们正在接管你家的橡胶园，我第一时间冲到了你面前，那时你刚刚在床上醒来，看到我突然出现你还以为自己在做梦呢。哈哈哈！"

"是的，那个早晨……"韦洁如抓扯着头发喃喃地道，"我失去了一切。"

"本来就是我们的东西！我们只是拿回来。"山迪昂万激动地说。

"你胡说！那些财富是我们祖祖辈辈创造积累的，他们就和万隆那个没有见过太阳的人一样，在这块土地上辛苦了一辈子！"韦洁如大声说，"我们的财富是干净的！"

山迪昂万语气一滞："这是我们的土地，你们这些外来人凭什么过着比我们还好的生活？我承认你们的确很聪明，所以处处压制着我们。不过，现在有了'蛇心'试剂，一切都不一样了。以后在我的橡胶园里，将全是又听话又能吃苦的劳工，那是一幅多么美好的图景。不仅在我的橡胶园，还有赤那的牧场和煤矿里，都会遍布这样的劳工，我们的生产成本会大大降低，我将成为世界上最富有的人！"

"你疯了。"韦洁如强撑着不让自己倒下，山迪昂万描绘的图景让她不寒而栗，"我要揭发你。"

"你没有机会的。"山迪昂万发出骇人的笑声，"我会很小心地保守所有的秘密。其实就算今后偶尔有人发现个别改造后的劳工也没什么，因为你的研究是超越时代的，人们只会认为他是得了一种体温调节失控的奇怪疾病。有谁会真正关心他们的遭遇呢？所以你放心吧，谁都奈何不了我的。"

"是吗？"一个冰冷的声音突然在山迪昂万背后响起，他猛然回头，正好看见何夕罩着寒霜的脸。

"你是谁？你怎么进来的？"山迪昂万斜眼瞄着门口的方向。

"你知道我是一个人就可以了。"何夕语气比他的面容还冷，"现在该我劝你不要做徒劳的反抗了。说吧，死之前你还有什么遗言？"

山迪昂万的脸立刻变得惨白，他本能地感到眼前这个人不是在说笑。死？这个极其陌生的词突然间变得好近，他觉得自己背上不由自主地冒出一层冷汗："我们可以谈谈，你知道我有很多钱。真的……很多很多……你开个价出来。"山迪昂万有些结巴地说。

"这可太好了，我不杀穷人的。"何夕露出残酷的笑容。

"不，不。"山迪昂万努力在脸上挤出谄媚的笑，"杀了我对你没有好处的，你是在吓唬我，你不会杀我的，对吧？"

"是吗？"伴着何夕的反问，山迪昂万立刻感到自己的腿脚膝盖很奇怪地向后弯折，巨大的痛楚让他差点儿晕了过去。

何夕抽回脚："这是替那些暴尸街头的人还给你的。"

山迪昂万跪在了地上，他拼命抱住伤腿，终于意识到眼前这个人同他见惯的那些柔弱可欺的人完全不一样，这是一尊无所顾忌的魔神："求你放过我，我不想死！"他转头朝着韦洁如，"你帮我求求他，那些橡胶园我不要了，都还给你。快帮我求求他呀！"

韦洁如别过头，脸上满是厌恶的神情。"那些人哀求的时候你放过他们了吗？"何夕眼睛通红，须发怒张，伴随着又一声惨叫，山迪昂万的右脸颊骨立刻变得粉碎，"这是替那些躺在柜子里的孩子还给你的！"

山迪昂万已经不能说话，只是"呜呜"地大叫，眼里露出极度的恐惧，他看着何夕的目光仿佛看到了来自地狱的恶灵。

"不过有一点你倒是没说错。"何夕居然露出了一丝笑容，"我不会杀人的。我怎么能杀人呢？那是野蛮人和你这样的罪人才干的事，我是文明人。这里是实验室，我只是想做个实验罢了。"

这时，山迪昂万突然看见自己的左臂上扎进了一支针管，他脸色宛如死灰。山迪昂万用尽最后的力气拼命挣扎，针管里的东西他再熟悉不过了。

"听说这种试剂好像不太可靠，是吧？而且剂量也很难掌握。不过你的心脏比那些可怜的小孩子强壮多了，而且你的血统这么纯正，这么优秀，保证不会发生任何问题。如果出现什么不良反应，只能算是意外。"何夕死死控制住山迪昂万，脸上保持着残酷的笑容，"或者按照我们的说法叫作——报应。你们一直认为我们软弱善良，没想到还有像我这样的人吧？知道我为什么这样做吗？我来告诉你理由吧。这个理由真是太古老了，两千多年前它第一次被提出来的时候，你的祖先还没学会穿裤子。"

何夕的声音变得凝重而响亮，那是一个年代久远的宣言："明犯强汉者，虽远必诛。"

伴着这句话，山迪昂万感到一股冰冷到极点的寒意沿着手臂的血管周游全身，迅速传到那曾经鲜活跳动的所在，他甚至听到了自己心脏被冻结迸裂后发出的让他肝胆俱碎的"咔嚓"声。山迪昂万的喉咙里发出绝望到极点的嘶吼，大股大股的黑血从他口里涌出，最后，嘶吼变成了痛苦的呜咽和喘息。

何夕目不转睛地看着山迪昂万眼里的恐惧渐渐消失，最终变成一片死灰。他松开手，山迪昂万的身体像失去支撑的麻袋般瘫软倒地。

尾声

五个月后。

大群穿着制服的军警在特勒尔济矿区的各个办公地点穿梭往来，手里抱着大量的物证材料。国际组织连同蒙古国相关机构对特勒尔济煤矿采取的联合检查行动已接近尾声。

何夕和兰天羽站在特勒尔济海拔最高的山顶上，眺望着一览无余的北方远处。蒙古高原的夏季强风拂过大地，发出恢宏的声音。青黄相间的草地向着无穷无尽的天边延展开去，显露出同样无穷无尽的生机。

"我还能见到韦洁如吗？"兰天羽问。

"我不知道，调查报告说几个月前她就失踪了，没有人知道她去了哪里。"何夕平和地回答，"不过有牧民说，在遥远的并不太适合放牧的北边，曾经见到过一位白衣长发的女子，放牧着某种特别适应贫瘠草地的绵羊，一些漂亮的少男少女簇拥在她的身边。"

"这个结局挺好。"兰天羽声音低沉地说。

"当然，"何夕幽幽地说，"谁说不是呢？"两个人不再说话，在他们极目眺望的北方远处，天似穹庐，笼盖四野。

老年时代

韩松

1. 托梦

　　小木梦到了父母。自他们十五年前去了养老院后，小木就再也没有梦到过他们了，一天天也不想了，电话也不打了。小木没有家，独身一人。他还记得父母，但差不多忘了他们长什么样了。昨夜他梦到父母血淋淋地站在面前。小木从床上爬起，走到窗边。窗帘积满灰尘。他愣了好一阵，才把它拉开。城市展现在眼前。街上空无一人。摩天大楼遮天蔽日。这是东部沿海大城市，调节天气的纳米云水母般飘浮在天上，围绕它们飞翔着各式彩图，利用气流或云粒子，用激光，或直接把颜料喷洒到空中，绘制成美不胜收的画幅。城市唯一的人工智能看护专家是一位艺术爱好者。它画给自个儿欣赏。人工智能看护专家负责城市的生产和消费，并照料居民的吃喝拉撒睡。小木每天无所事事。看护专家便安排一些消遣给他，比如让他没日没夜地玩电子游戏。他始终待在室内，足不出户。然而，独居十五年后，他忽然梦到了父母。这让他不舒服。父母的样子很可怜。他觉得，他们在思念他，在召唤他，在向他托梦。他们可能遇到了麻烦，说不定死了。他怔怔想了半天，最后决定去探望父母。

小木向看护专家提出的申请很快就被批准了。看护专家还配备了一架自助航行器送他去。小木从未旅行过，也不知父母在哪里。但看护专家都安排好了。航行器升空，向西飞去。小木朝窗外看，才意识到这个国家很大。他看了一会儿舱内影视娱乐，又想了想父母。他应该是与父母一起生活过的最后一代人。在他小时候，父母就以老人的名义被移民走了。城市中只剩下年轻人。小木还有个弟弟，但他也已很久未与弟弟联系了。

飞了约两小时，下方出现了一望无际的、小木从未见过的大沙漠。渐渐地，沙漠中涌现出一座座海市蜃楼般的城市。它们比沿海的城市还要大，密密麻麻地簇拥在一起。城市形若金字塔，却比金字塔更宏伟。小木一时觉得不像是在地球。

2. 移民新城

航行器降落在一座金字塔边。一名少有表情、身穿深色西服套装的女人来迎接小木。她自称小米，是城市的公关主管。她已从看护专家那儿获知了小木来的消息。

"欢迎来到天堂二十八。"小米说。

"天堂二十八？"

"就是这座城市的名字——我国一百零八个老龄城市之一。所有的老龄城市统称天堂，这是第二十八座。这儿居住的全是老人。全国老年人口总数已达十亿，所以在沙漠中建设了单独的城市让他们居住。"小米照本宣科地说。

随后，她带小木进入城区。首先来到展览馆，按照程序，先观看一部立体影片。小木看到，西部无垠的沙漠上，果然弥布着一群群的金字塔巨城。十亿老人都集中居住在这儿，人口密度达世界第一。小木心想，何时能见到父母呢？小米却不急，又带他参观市容。与小木居住的沿海城市不同，这儿宽阔的马路上长满胡杨树，经过基因改造的胡杨像银杏一样高大，森林中分布着蛇形、龟形和鹤形的商厦、酒楼与戏院。成群结队的老人出现了，笑容满面，勾肩搭背，川流不息，熙攘热烈。这仿佛是小木久远记忆中的一幕。他年幼时，东部沿海的城市还不是如今这样冷冰冰的，街上还有人，还有老人。他又看到，天堂二十八中，有许多模块化的机器人，装成逛街的样子，实际上是在监测老人的行为，准备随时为他们提供服务。这是高度自动化的城市，大概也是由一位人工智能看护专家照料的吧。

小米又引领小木来到一幢大楼。这是管理中心，储存着所有老人的档案。小米调出了小木父母的资料。原来，早为他准备好了。资料显示小木的父母还活着。他松了口气。他还以为他们死了，才托梦来呢。父母住在"葡萄与刀"功能区。功能区也叫主题公园。天堂根据老人们的喜好，做了这样的划分。有的老人喜欢军事，有的老人热爱大自然，有的老人沉迷学习外语，有的老人热衷扮演间谍，等等，都做了特殊安排。住在"葡萄与刀"功能区的，据说是些痴迷野生动物的老人。这样一来，按需设计，老人们的愿望便都得到了满足。传统的养老院跟天堂没法比。小木急切地想要见到父母，却害怕见了不知道说些什么好。他毕竟已有十五年没有见到他们了。

3. 父母

在"葡萄与刀"功能区，建设有连排的鼠窟似的居住屋，条件很好，十分现代化。在这里，小木终于见到了父母。两位老人像孩子一样安静地坐在炕头，一人怀里搂着一只灰扑扑的鸵鸟。他们埋头慢慢梳理鸵鸟的羽毛，脸上浮现出若有所思的神情。过了好半天，一人忽然抬头，仿佛认出了小木，却没有说什么。又过一阵，另一人也看了他一眼。小木这才确认，他们果然是他的父母。

又待了好一会儿，母亲对小木说："沙漠里有很多的鸵鸟，跟沿海不同。记得我们老家那儿只有海鸥。鸵鸟可是天堂的宠物。我和你爸认养了十只。分别代表你、你弟弟和你们的老婆孩子。"

　　小木着急地想说，他还没有要孩子，他仍单身，对婚姻也不感兴趣。但他最终没有说，或许是怕刚来就惹父母不高兴吧！

　　"你们还好吗？"他说。

　　"很好，很好。"

　　"缺什么吗？"

　　"不缺，不缺。"父母侧头瞟了一眼小米，又低头看鸵鸟了。小木这才意识到自己是空手来的。他没有为老人捎礼物。这一代人连最基本的人情世故都不懂了。小木却也没有不好意思。他还惦记着来探望父母，算是不错了。

　　小米对小木说："瞧见了吧，什么也不缺，吃的、穿的、住的、用的，都由天堂安排得妥妥当当的。孝子，你就放心吧。"

　　"孝子"这个词让小木一阵痉挛。父母见状，捂住嘴吃吃笑起来。

　　随后是午饭时间。两位老人才显得兴奋起来。天花板旋开一个洞，掉下一条金属传送带，运来了热气腾腾的手抓羊肉饭。但只有三份，是配给父母和小米的。父亲伸出手，大把抓起送进口中。母亲想了想，从自己那份里，分了一些给小木。

　　"很少有孝子来到天堂，这方面设计得还不够周密。"小米像是抱歉地说，也从自己的碗中分了一些饭给小木。两位老人吃得满嘴冒油，那样子像是许久没有吃过饭了。他们又扔了一些喂鸵鸟。鸵鸟们贪婪的吃相颇似中生代的食肉类恐龙。

然后，父母要睡午觉了，双双搂抱着爬上炕。小木站在炕下看他们。他们抹了油的头发披散在床头。他感到陌生，心里有些哀伤。好在有小米陪伴，又聊了一会儿天。鸵鸟就在边上走来走去，用好奇的眼神凝视访客。下午快五点钟时，父母醒来，看见小木和小米还候在炕边，就说请他们一起出去玩。大家便离开"葡萄与刀"，来到天堂外面的大沙漠。这里停满涂迷彩的沙漠车。小米帮小木和他的父母买了票，然后大家跃上车，驶入沙漠。

4. 沙漠游嬉

父母和小木坐在一辆车上，小米自驾一辆，在一旁跟着。他们上沙山、入沙海，纵跃腾挪。两位老人乐得咯咯直笑，不停互相击掌。鸵鸟就跟着车子飞奔，双爪刨起滚滚烟尘。不久，小木发现，小米和她的车不见了。但他也没在意。

"沙漠虽然荒芜，却是天堂最好的游乐场。每天不来玩一次，就浑身不舒坦。"父亲说。

"别累着呀。"小木担心地说。

"瞧，身子骨硬朗得很呀，一点儿问题也没有。"头戴风镜的父亲舞动双拳，咚咚拍打胸脯，嘴里发出练功似的"嘿、嘿"

音节。

"他很像隆美尔呀!"母亲用气声笑道。

纵目看去，还有成千上万的沙漠车，蚂蚱一样，漫山遍野，老人们嘴里模仿打仗的声音，举着仿真枪，从车厢中探出身，彼此射击。有的车撞翻了，老人栽入沙中，立即有救护机器人从地下嗖嗖钻出，及时进行处理。老人经过简单包扎，又飞身跳上赶来接应的车辆。战争继续进行。

"大家都活得蛮好的。你其实没有必要来看我们。"父亲完成了一轮激烈的射击，忽然转头对小木说。

"天堂，是一片自由的土地!"母亲叫道。

小木不敢说，他梦到他们浑身鲜血的样子了。这时母亲抽出一根烟点燃，吸了起来。小木才记起母亲原是一名舞蹈演员，而父亲是一位大学物理教授。他觉得父母的嘴巴就跟针一样。这跟他记忆中的不太一样，毕竟十五年过去了。

他们一直玩到夕阳西下。沙漠安静下来，显得更加广阔而辽远，从天到地染着赤红色。相邻的多座金字塔城市在阳光的透射中显形了，突入晚霞深处，好似神话中的巨灵神。暮霭中，还有许多老人在玩跳伞。从千米高的跳伞塔上，一群接一群跳下来，灵巧的身形滑过太阳表面，跟黑子似的。高空中飘来他们呦呦的叫声。小木想，这一切果然是真的。但怎么觉得像是看电影呢?他发现，小米正站在跳伞塔最高处，举着望远镜默默观察他们。

天黑了。父母邀小木共进晚餐。就在沙漠边，在胡杨林中，宰杀鸵鸟，肠肠肚肚弄了一地，现场烧烤。

小木想，也许小米还在监视吧。不管她了。父母一边吃，一边喝酒，还唱起歌，是台湾歌手罗大佑的《光阴的故事》。他们请小木也唱，他只好尴尬地加入。这首歌他并不熟悉。他们三人唱了一遍又一遍，好像在模拟失散家庭的重聚。这时，整个野外一片光明，许多球状聚光灯在头顶上方飞来飞去，一场盛大的露天集体婚礼开始举行，八百八十对老人身穿结婚礼服，脸上挂着一模一样的笑容，迈着正步出现了。他们是来到沙漠城市后才互相认识并迅速产生了恋情的。在主持人的安排下，老人们嘴对嘴吹红气球。气球一个个吹破了，鲜艳的橡胶粘在满是皱褶和口水的嘴上，像刚刚用完的劣质避孕套。最后老人们的身上也缠满气球皮，混合了浓稠的唾沫，在夜色中闪闪发亮，如浸在新出的鲜血中。这很像小木梦到他父母的那一幕。

5. 幸福生活

令小木不解的是，父母拒绝了他晚上与他们同宿的请求，似乎在最后一刻对于是否要把阖家欢聚的气氛推向高潮有所保留。小米则为小木安排了下榻的宾馆。她开了一辆越野车接他回去。城里有一座清真寺风格的宾馆，是专为省亲者修建的。

　　夜里，小木寂寞难眠。他走到窗边，望向城市。沉重的金字塔像一只红艳艳的大灯笼。老人们轻盈飘行在灯芯中，如各路神仙，神采奕奕，唱着歌儿，成群结队地漫游。有的人在喝酒，有的人在跳舞。中心广场上还有一些老人在发表演说，高谈阔论讲着时政、经济和军事话题。嘹亮的歌声在大街小巷回荡，有民歌、有军歌、校歌，还有青春歌曲，甚至是沿海城市里刚流行不久的，也传到这里了。但主旋律最后一致回归到《光阴的故事》，汇聚成集体大合唱。这样一直闹腾到凌晨才稍安息。小木想，父母也参与其中了吧？他们真是享福啊。怪不得不让儿子同住，是怕打搅了他们的夜生活吧？但他又觉得哪儿不对。

　　小木对着客房墙壁唤了一声，立即有立体影像投射出来。小米显形了。她换了一套粉红色的迷你裙。没待小木提问，她便热情地向他介绍城市的来历。据小米讲，最初，是在各地设立养老院，但发现满足不了需求。为了应对人口老龄化的汹涌浪潮，根据新的国土规划，在西部沙漠中建设了第一座独立城市，即天堂一号，专门接待老人移民。这相当于试验区，在取得经验后，又兴建了更多的城市。这么做，是经过了充分考虑的，因为养老是一个极其复杂的系统工程。当老年人数量达到一个特定值后，社会便会发生质变。这时，老年人和年轻人的世界，将逐渐分化成两极，慢慢地就无法交叉了。老人也越来越不愿意和年轻人住在一起。因为老年人的一半，是融在死亡中的，他们眼中的世界是另外一幅景象。这样就会爆发冲突。"不过，设立老龄城市最重要的还在于，我们几千年的文化中有尊老的传统，任何时候都不能丢。"小米说，幸好有了广阔的西部沙漠，否则传统就无法延续。在老龄化时代，那些幅员有限的小国都崩溃了。世界上只剩下了几个大国。老人离开后，年轻人就可以放心大胆去干很多事情了。如果老人在，就不那么容易，就会有阻碍。小木想说，不，不是这样的。他现在待在东部沿海的城市中，什么也不干，成天混日子，像行尸走肉。

　　小米没有在意小木的心情，接着说："至少，避免了不同代际间的战争。从大家庭的其乐融融，到彼此仇杀的争斗，这种过渡，一夜间就会到来。因为人是极不可靠的动物。亲代和子代之间的关系很不稳定，是一种急剧波动中的利益关系。家庭只是物资匮乏阶段的一种苟且组合，终将瓦解。没有谁能预测明天会怎样。老龄社会是人类进化史上一种崭新而暴烈的社会形态，这还是第一次，比当初奴隶社会过渡到封建社会、封建社会过渡到资本主义社会、资本主义社会过渡到社会主义社会，引发的震荡还要大。对于究竟将要发生什么，没有确凿可靠的研究。最好的做法就是隔离开来。这样老年人也可以受到更周全的照顾，从而幸福地安度晚年。"

　　小木问："我爸妈还能活多久？"

　　"在天堂，通过医学工程控制，包括利用微型机器人清洗身体,替换人工器官,进行基因修补,人类平均寿命可达五百岁,甚至更长。"

"他们果然能得到他们想要的一切吗?"

"哦,应有尽有。"

"呃,那个呢?"

"哪个啊?"

"就是那方面啊。"

"你说性吗?"小米哼了一声,"没见他们的身体倍儿棒吗?这方面没有任何问题。他们甚至比年轻人还要强。天堂里不玩虚拟游戏。"

"真是出乎意料。"

"是十全十美。你尽可以放心了。"

小木想,父母操劳一生,至此才在天堂中过上了幸福生活。想到这或许便是自己的未来,他不禁憧憬起来。

小米又问:"哦,你一人来此,还有什么需求吗?"她的声调变柔软了,意外地带有一种媚惑感。

但这是在西部沙漠,他有些水土不服。他很累,疲倦得快睁不开眼了。"我没……没有需求。你走吧。"他生硬地说。

"这么多年,你是第一个来这里的啊。"她像是依依不舍地与他告别,消失前的一瞬间表情又变冷酷了。

6. 返璞归真

这夜，小木睡得很好。住在天堂，噩梦没有了。凌晨，他忽然惊醒，走出客房，随便逛逛。八十多层的酒店，竟然空空的。除了小木，没有别的客人。每个楼道中都在播放《光阴的故事》的背景音乐。为什么是这样呢？他忽然意识到，或许小米在这儿等他很多年了。她是这沙漠城市中唯一的年轻人。对此他想不明白，也不愿多想，就赶紧回到客房。

小木吓了一跳，他突然发现自己进入了五彩斑斓的世界。客房四壁挂满油画，是老人的作品，画风粗犷，颇似史前岩洞的壁画。下面有画家的签名，正是他的父母。看样子，他们是在天堂学会画画的。他们的艺术想象十分奇特，展示出超凡入圣的天分。画面上，有狰狞的鲸鱼，有长满几十只眼睛的怪物，有微笑着坐在沙发上死去的人，还有围绕尸体转来转去的鸵鸟……

在小木的印象中，父母不是这样的。不知道他们什么时候有了这样的趣味。但既然到了天堂，人总会变化吧？不，也不是变化。他们好像一夜间返璞归真了，把隐藏的潜意识，重新挖掘出来，尽情释放，无拘挥洒。而来这儿之前，要在儿女面前装得一本正经。这是早先的社会形态对人性的束缚和扼杀。

天堂果然是无比自由的啊!

是了,以前的父母,仅仅是小木和他弟弟的基因传递体。而现在的父母才"原形毕露",展现了他们的丰富性。他们曾经一直在他面前死绷着,他们一度过着多么憋屈而压抑的生活啊!他不禁嫉妒他们,并对自己的生存境况产生了怀疑。他盼望有一天也能来到天堂,跟父母一起,坐在炕上,学习他们一笔一画、细致入微地描绘那些变态的事物。

于是,小木离开宾馆。这回,他不知不觉走进了小巷。他看到了许多一动不动的老人,沉默地坐着,好像是被抛弃的。还有巨大的垃圾山,是昨天不曾见的。有很多动物的尸体,包括鸵鸟;还有些别的,像是合成生物,也都死了。他似乎走进了天堂不能示人的后院,这让他既惊且惑,赶紧逃离,重上主道。 他又走在光鲜华丽、成群结队的老人中间,而他们对他的闯入视若无睹。他还记得去"葡萄与刀"功能区的路,回到了父母住处。他们对儿子事先没有约定的忽然造访,有些不悦。

父母正在玩一起杀人游戏。地上的尸体是父亲的仇人,当年的同事。有两把染血的刀。小木大惊失色。

父亲解释说:"没事,在天堂可以随便杀人的,只要提出申请。"

母亲说:"这里的一切,都是为让老人高兴而设立的,是真正的童话世界,十分自由。"

父亲说:"对于我们来说,其实也不需要提出申请,因为一切根据我俩的指令行事。"

母亲说："因为我们就是最高执政官。"

什么？最高执政官？小木不敢相信自己的耳朵。父亲摸摸母亲的脸，笑道："城市是由我们两人统治的。这可不是童话。"

这时，小米追来了，她也不太高兴。"你是客人，没有我们的安排，不能随便出来的。"她说，"要看父母的话，得由我引领。"

父母请小木赶快离开。"他们是最高执政官，不能想见就见。"小米斥责小木。真的是最高执政官？他想到他们在沙漠车里大呼小叫、举枪射击的样子。小米带他去了广场。

中心广场上聚集着几万名老人，正在投票选举。原来，他们要选出城市领袖，也就是最高执政官。小米说："在天堂，每个人都可以当领袖，都可以拥有最高权力。只要是天堂的合法居民，愿望都能得到满足。"

"这怎么可能？"

"让他们觉得满足就可以了。领袖什么的其实只是个名分。但老人要的不就是名分嘛！现在，天堂二十八里，一共有一百三十八万五千二百一十九名最高执政官，他们对自己的家庭行使着充分的管辖权，但我们通过电子神经装置在他们的大脑皮层上造成一种印象，好像他们管理着整个世界。由于没有年轻人竞争，老人身体又健康，活的时间又长，所以就都想着要去做一些不朽的事业。人无非是这样。劳动和工作，在这儿成了人们的第一需求。"

小木想着父母刀下的那具尸体，问："杀人又是怎么回事呢？也是劳动和工作吗？"

"这也是人性呀。在天堂，基因工程水平很高，虚拟人是被设计得没有痛觉神经的。但有杀人需求的老人并不像你想象的那样多，也就十几万个吧。"小木闷闷不乐，仿佛今天才认识了父母。他回到宾馆，见墙上又换了新画，是刚画出来的。不再是那些阴郁的图像了，而是大海、太阳、蓝天、鲜花、儿童之类。它们映照着房间，好像投射出了父母杀人之后心情的变化。

7. 孤独

之后，经过小米的允许，小木每天可以与父母通话一次。他向他们提问："这样活着有意思吗？"

"有意思啊，有意思。"

"什么是意思呢？我提出的问题，你们觉得没有意思吧？"

"多么自由啊，多么自由。"

"我要走了。"小木想说的是：你们舍得吗？

父母异口同声说："没有关系，没有关系。"

"真的不想让我留下来陪你们吗？"

"不想，不想。"

小木越来越觉得哪里不对。但小米告诉他，在天堂，不对就是对。这世界本来就是一个逆常规的创新，它解决了人为什么活着的问题。

说到小米，她的形象每夜都会以三维投影呈现，陪小木聊天。她像是怕小木睡不好，甚至怕他出事。

"你不明白。"她陶醉地闭着眼，说出的话竟像他的父母。小木想，以前是老人感到压抑，现在换年轻人了。天堂的每个老人都拥有很大权力，都是统治者，都是执政官，都是伟大英明的领袖，这意味着，这女孩其实是生活在一座座的大山下。她一个人在为亿万人服务。他不禁怜悯起她来。这是一种从未体验过的新情愫。他眼眶湿润了。

这时，墙上的画幅在黑暗中显形了，吐露出艳阳一样的光芒，在这老人像蚂蚁一样会聚的城市里，显得格外明亮而炽烈。但到了极处，却又放射出阴沉颓败的气息。

这时，《光阴的故事》在小木耳畔回响："风花雪月的诗句里，我在年年地成长……"

8. 大运河的水底

　　此后，小木变得更胆大，他又一次离开宾馆，就像逃亡一样。沙漠深处那空无一人、阴森凄异的宾馆虚位以待，被红红火火的老人社会包围；兼之整个夜晚，在老人的歌唱中，又筋疲力尽与孤独疯狂的女人相爱——这一切使得男人快要分裂。他越来越想去看父母现场作画。他对艺术产生了空前的兴趣。

　　但还没出宾馆大堂，他便迎面撞上小米。她此番穿着迷彩制服，足蹬高筒马靴，雄赳赳地双手叉腰而立，阻住他的去路。他只得低头。她气冲斗牛，像个女勤务兵。他如坠梦中，不由得十分沮丧。末了只好跟她走。这回，他们去坐沙漠车，像要重演什么。他哑然失笑。周边都是老人，而只有他们两个年轻人，极不协调。他们出发时，一群群早已候着的老人也亢奋地嗷嗷叫着直追上来。

　　"他们以为我们也是老人吗？"他不安地问小米。

　　"是吧。"

　　"为什么？"

　　"老人最狡猾也最易受骗。"两人的车子越驶越快，向沙漠边缘开去，把老人大军甩在后面。这帮家伙开始还试图追上他们，但很快累了，也像是忘记了，或者兴趣点转移了，就玩别的去了。

"他们总是不能集中注意力。若能集中五分钟，就不是这样了。"她不高兴地说。

"所以，你一个人，就能管理好他们所有人，是这样吗？"他直视她的眼睛，但什么也没有看出来。

"是的。噢，但是，不，不……"她有些前言不搭后语，不再说什么，只把注意力集中在驾驶上。小木不禁神思恍惚。

不久，他看到前方浮现了亮晶晶的景观和蒸腾的雾气。原来，沙漠边上分布着巨型水系。但不是尼罗河，而是人工复制的大运河。小米说，这是按某位老人的要求而设计的。还有一些状若十九世纪末期工业革命时代的烟囱和厂房，粗大有力的烟柱像金属棒一样戳进天空，与眼球一样浑浊的日头迎面碰撞，似乎发出轰隆声。运河边有一些晒太阳的老人，还有一些捕鱼的老人。另外就是高大的堤坝，下方似藏有发电厂。这一带的老人好像不是那么多，却更怡然自得，悠闲轻松。小木像是经历了一次穿越。"不知有汉，无论魏晋。"他念叨。像是不明白他在说什么，小米瞥了他一眼。

来到河边，小米嗖地跳下车，小木也跳下去，两人追逐着潜水相嬉，不觉来到深处，身体被漩涡吞没。这是一处人工漩涡，拽住他们垂直下降，进入水底下的厂房。果然，这就是支撑整个城市运转的发电厂。这里开辟有广阔的空间，形成地下城，是真正的控制中枢，又好似小米本人的家园。操场般的地面上，排列着亿万只粉红色玩具，形成团体操一样的队形，都是一人多高的陶瓷凯蒂猫，但头型和眉目皆为老者模样。

小米说，这水底下方的厂房，便是天堂的镜像世界。她打开一只猫咪的天灵盖，于是露出了深深的腔子，从中冒出极寒的青白色气体。她又打开一只，再打开下一只……让小木逐一看视。原来是特制的棺材。每只里面，都装着一具干尸。小木的父母也在其中。女孩兴高采烈地逐一展示给小木看，就好似向亲爱的人披露闺房秘密。原来，所有的老人都闭上眼睛藏在这地下空间了。

"那么，这些天我见到的又是谁呢？"小木惊骇而呆滞地问。

9. 节能模式

"哦，他们是这座城市的人工智能看护专家制造出来的假人呀。"她慈爱地摸摸他的脑袋，对他坦言。小木眼前出现了父母佛陀般安坐不动手抚鸵鸟，或者高声疾呼驭车奔驰的生动模样。他想，城是真的，人却是假的。他却从那么遥远的地方，飞过来看他们。沙漠中的一百零八座城市，这些叫作天堂的地方，原来是鬼城。他却因为一个梦，千里迢迢奔赴此间来晤亲人，还要看他们画画。他又想到，以前听人说过，亲人只有一次的缘分，无论这辈子相处多久，一定要珍惜共聚的时光，下辈子，无论爱与不爱，都不会再相见。但看来不用等到下辈子了。

"最初都是活人，但后来看护专家冻结了他们。"小米说得轻描淡写。她带领他在神色木然的猫咪阵列中穿行。猫儿们鼓着发紫的眼泡，冷冷地从四面八方盯着他们。她介绍道："在看护专家看来，生命只是一些生物电流的涌动。它并不认为他们已经死了，它觉得他们只是换了一种存在方式。在你这样的尊贵客人来访时，还可以临时启动机器，释放出用纳米技术制造的模拟人，重新铺陈出城市的繁荣昌盛。"

"演戏？"

"不，只是转入节能模式。"

小米说，老龄化城市的试验其实失败了。由于老人数量实在太多，而且不少人还贪得无厌，这上百座沙漠城市一度成了国内最厉害的耗能大户，这样下去它们甚至会用光整个星球的资源。连人工智能看护专家也看不下去了。为了东部沿海城市的年轻人能够存续，就必须转入节能模式。按照效益优先原则，看护专家做出了冻结的决定。"在宇宙中，生命之争就是能量之争。"她说。

"十亿人，都被冻结了，难道国家不知道吗？"他问。

"这儿不早已自成一个国家了吗？"

"我们平时所说的那个国家呢？"

"你觉得它还存在吗？"

"什么意思？"

"没什么意思。"

"为什么告诉我这些？"

"噢，我们相爱嘛……"

听了这话，小木下意识攥紧拳头。他才觉得这个女人陌生而危险。

小米说："实际上，在你内心深处，你父母早不存在了。所以又有什么关系呢？"

"不是这样的，我梦见他们了……"

"是的，是的，这却是你的特殊之处。但在你这一代，人类已不会做梦了。"

小木于是怀疑起了自己。他的申请那么容易就通过了，而看护专家应该了解所有的实情，它应该阻止他来。是啊，为什么只有他一人前往天堂？

"我是活着的吗？"他犹疑着小声问小米。

"这很重要吗？"她的语气，像是责怪他都到了鬼魂云集的天堂，还如此天真。

"不重要吗……"

"哦，什么叫活着，什么叫死亡？天堂有天堂的概念。那仅仅是信息组合的不同方式罢了。换一个角度看，你完全可以认为，你父母仍然活着。他们正以新的方式活着。"说着，她把一个猫咪抱起来，使劲摇了摇。里面发出板结的肉体与陶瓷外壳剧烈碰撞的哐哐声。

"这不是我要看到的……"小木说。

"其实是你不想看到的，你在拒绝变化。你跟你的父母，一直在较劲。你不满他们提出的要求。噢，老人们移民沙漠城市后，提出了许多的非分要求，才导致能量的消耗以指数级增长。"

"什么非分要求？"

"千奇百怪的想法，你不是已经亲眼见到了吗？比如，他们提出，每个人都要当一回国王，还要随便处置他人的生命。他们还想宇宙航行，去银河系的中心，要建立上帝之国那样的伊甸园……因为是老人，所以看护专家不能拒绝他们，只能尽量满足大家的愿望。但后来，它们觉得这太可怕。以旧的形态存在，人类就不仅是多余的，而且是危险的啊……"

"有时我也这么想。"小木感到自己的话音像是从一具尸体的腹腔中发出来的，他又注意到在小米口中，看护专家由"它"变成了"它们"。

10. 画画

晚上，小木向所有认识的人发出邮件。这些人中包括他久未联系的弟弟。他不知他们是否还活着。他告诉了他们天堂里发生的事情。他跟他们讲，国家正处于一场空前的危机中。西部沙漠中隐秘的巨型金字塔城市里匿藏着不为人知的秘密。这是一个阴谋。人类的自由已被剥夺。不仅自由，连生命都被扼杀了。"我们的父母已被干掉——为了'节能'，为了抑制'非分要求'。据说这样做是为了我们这些下一代，但这肯定是谎言。世界正在发生某种可怕的变故，但我不知道接下来还会发生什么。"

随后，小木向自己所生活的城市提出申请，要求回去。他要回到那儿，去找离群索居的年轻人，要唤起他们。但负责照料东部沿海城市的人工智能看护专家对他说："你不能回去了。接到了你的孩子送达的申请。他们希望你提前入住天堂。"

"荒唐。我没有孩子。"

"这是假象。你有孩子，但你忘记了。他们早就被遣送到了大海另一端的远方，在那儿集中定居。现在，他们发来了申请。他们本想来看望你，但觉得或许会看到意料之外的事物，遂作罢了。"看护专家告诉小木，他那个关于父母的梦境，就是他的孩子们制造的，并委托看护专家送抵了他的脑海，成为他前往天堂的凭据或借口。

小木忽然记起，小时候上学时，电子老师讲过，大洋彼岸的世界叫作地狱。看护专家又说："其实，从你们这一代人开始，每个人一出生，就已进入老年。但你可能是我记忆中的最后一个年轻人。"

小木怀疑看护专家又在制造新的假象和诱饵，便说："太残酷。""噢，是更仁慈。"看护专家说罢，便消失了，只在三维影幕中留下一个长相滑稽、表情痛苦的人形符号，看上去很像小木。

这个符号又迅速变形成了小米。这回她换上了一身孕妇装。她对小木说："留下来吧。天堂很久没有来过活人了，我们只是在怀念逝去的时光。你是唯一的，请选择功能区吧。那里会为你配备一个异性。"

"干什么用？"

"当老伴啊。"

"我可以挑吗？"

"不能。"

"为什么？"

"因为她便是我哟。"小米干巴巴地说，一丝羞涩亦无。

"这又为什么？"

"我太寂寞了。"她这才像是笑了一笑。

小木再次想到，所有的这一切，都是她安排的吗？他猜，小米本人便是照料天堂的那个看护专家。接下来会有时间验证的。他的余生还长得很，要活到五百岁。不，要活到一千岁、两千岁……一万岁，会永远活下去，以各种各样的模式。另外，他早该想到了，在这个国家，比人类还寂寞的，便是人工智能看护专家啊。他想：我究竟是谁呢？他便妖里妖气唱起来："就在那多愁善感而初次回忆的青春……"

"往后，你最想做什么呢？"小米不耐烦地打断男人的演唱，做出关怀的样子问。

"画画！"小木鼓起勇气回答。

转生的巨人

王晋康

1

今年（2012年），J国媒体在热炒三件新闻，都是有关西铁集团掌门人今贝无彦的。当然了，鉴于今贝先生的身份，只要和他有关的事都不可能不是大事。今贝先生今年70岁，是J国首富，在J国经济泡沫没有破裂前，连续多年高居"福布斯全球富豪榜"的首位。他私人拥有的土地占J国国土总面积的六分之一，我想，即便以豪富闻名的所罗门王，恐怕对他也是望尘莫及吧？今贝先生为人果决，目光如刀，看人看事入木三分，在国人中，尤其是财界博得广泛的敬畏。他可以说是J国财经界的教父，精神上的领袖。另一位著名财阀对他崇拜得五体投地，说他是"中国唐太宗一类领百年风骚的伟人"，又慨叹道：既生瑜，何生亮！

新闻之一：

今贝先生的私人律师君直任前受当事人的委托，向皇京地方法院提出无相对人预防式确权申请（依照法律，确权起诉都应有相对人，即对当事人的权利有可能造成侵权者）。这个申请相当古怪，可以说是开世界各国法律进步之先河。神通广大的君直律师能让法庭受理他的诉讼请求，这本身就是一个大胜利了。

…… ……

律师：我谨代表我的当事人，向法院提出无相对人预防式确权申请。我的当事人不幸患了右臂骨瘤，马上要截肢，并考虑移植新肢。但右臂被截肢后就不能使用原笔迹签付支票，并失去了其主体资格的重要象征之一——指纹。为了确保当事人的各项权益不致受到威胁，特提出申请，请法院预先确认：失去和更换右臂的当事人仍然享有他原先享有的所有权利。

法官：首先向不幸罹病的今贝先生表示慰问。不过，在法律上，"人"是作为一个整体存在的，虽然没有明确的条文，但失去一条右臂的人无疑仍具有他原来具有的所有权利。关于这一点，并不需要进行特别的确权。至于你所说的签付支票的笔迹问题，只需经过某种技术性的转换即可。

律师（笑）：不，不是这样简单。我的当事人确实具有高瞻远瞩的目光，他从这件似乎不必认真对待的小事上，看到了当代法律的最大漏洞，那就是法官先生刚才说的——未能对"人"这个概念做严格的定义。现在，假设我的当事人将失去的不仅是一只右臂，他还要——原谅我说这些不祥之言——遭遇一场车祸，失去两只胳臂，眼睛瞎了，面容被毁，声带被毁，还可能被迫换上人造心脏。总之，假设他失去了作为今贝先生的所有外部特征，甚至连 DNA 检测也有不确定之处（植入的新肢体或新器官含有异体 DNA），只有他高贵睿智的大脑仍保持完好，这时他是否还是可敬的今贝先生？是否还该享有今贝先生的一切权利？

法官：当然，这一点不必怀疑。

律师：好！这就是我的当事人的要求。他不奢望在一夕之间改变国家的法律，仅打算对涉及他个人权益的方面做一点小小的安排：请法院预先确认，在我的当事人的身体上，只有大脑是他唯一有效的代表。这种安排可能最终被证明是过分谨慎了，但谨慎总没有害处的。

…… ……

最终，君直任前律师赢了，从法院拿回了正式的确权文书。不必奇怪，虽然这种预防式确权申请没有先例，但他在法庭上阐述的道理却无可怀疑。谁不认为大脑是一个人的最重要的部分？何况，J 国经过多年争论刚刚通过了一项法律，正式以脑死亡代替心脏死亡作为死亡判别标准。

那时，有不少人对今贝先生的动机猜测不已，不过没一个人猜出，那是为一个史无前例的手术做法律上的准备。手术将由我主刀，不过，并不是截肢或手臂移植这类简单手术。

新闻之二：

今贝先生的律师为他预购了一个无脑儿的身体。报道这则新闻的记者困惑地说:"无疑这是为了今贝先生的右臂移植,但他大人的身体怎么可能安上一个婴儿的右臂呢?"

那时,山口太太已经怀孕二十周,B超和AFP(羊水甲水蛋白)检测都确认她怀了一个无脑儿。君直律师在几十家医院布置有情报员,在得到这个消息的当天就带上我一同赶去了,我的工作是检查无脑儿除了大脑之外的健康状况,检查结果很令人满意。山口夫妇都是渔民,生活相当拮据,这正是君直律师选中他们的原因。这对夫妇还未从这个打击中平静下来,显得沮丧和悲伤。律师诚恳地说:

"对你们的不幸我感到非常同情,并代表一位好心的老人,愿意为你们做一点儿事情。你们不必担心钱的问题,那位好心人愿意代你们支付全部医疗费用。"

夫妇俩客气地向我们连声道谢,不过看得出,他们对两位不速之客的来意不乏疑虑。

律师问:"你们打算把无脑儿引产吗?"

山口沮丧地说:"只有引产了,先生你该知道,这种先天性疾病是无法医治的。"

"对,现代医学对此无能为力。不过,我有一个建议请二位考虑。你们是否愿意让这个不幸的孩子活在别人的身上?对,器官移植。无脑儿的眼睛、心脏、肝胆肾胰脾、手足甚至整个身体都将健康地活在别人身上。这样,对你们的心灵将是很大的安慰。而且请你们放心,我们会采取非常人道非常负责的做法。我们将雇用最好的医生护士来照料山口太太，直到安全分娩。无脑儿出生后，我们将用人工心肺机维持它的生命，至少维持半年时间，直到确认没有任何治愈的可能后再进行移植手术。另外，"他轻声说，"你们也将得到可观的营养补贴。你我都知道器官买卖是非法的，但法律并不禁止病人家属主动捐献死者的遗体，也不禁止一位慈善家给不幸的父母一点儿营养补贴。"

山口眼中透出贪婪的光："多少？"

律师大度地说："看你们的需要吧！"

山口太太在悄悄拽丈夫的衣袖，山口犹豫着："我与妻子商量一下，可以吗？"

"当然，当然可以。"

我们退出病房，通过半开的房门，见山口与妻子低声交谈着。妻子似乎在反对，丈夫劝她，我们听到一句："反正胎儿活不了，又不是我们狠心。"在他们商量时，律师一直背着手远望天边，神态笃定。果然，最后山口太太还是同意了，山口喊我们进去，咬咬牙说：

"1000万J元，不能再低了。"

我知道这桩买卖的标底是3000万，山口的要价远远不到这个数字。律师不动声色地说："太高了。作为营养补贴，这个数目无疑太高了。山口先生，你让我很为难。"山口想说什么，律师摇摇手打断了他，"不过，既然我有言在先，那这个难处就由我承担吧，我将尽量说服我的当事人，我想他会答应的。我已经说过，他是个心地非常慈善的人。但我要严肃地强调一点：你们以后也许会知道无脑儿的器官移植给谁，但绝不允许你们去打扰他。有关条款将在双方的合同中写明，如果违反，你们将付出双倍的代价。请你们务必记住，我的当事人非常慈爱，原则性也很强，他最讨厌那些纠缠不休、贪得无厌的人。"

这番平静的威胁显然使那对夫妇印象深刻。山口忙不迭地点头："我们不会失信的，决不会。我俩会牢牢闭紧嘴巴。先生你尽管放心。"

无脑儿在怀胎七个月时被剖宫产下（无脑儿足月时常常已经死亡），他的父母果然从此消失了，以后不管媒体如何炒作，他们都没有露面，看来他们确实守信。我们用人工心肺机维持了无脑儿半年的生命。你可以说这是为了守约，但其实这项条款是扯淡——哪有无脑儿能够治愈？根本不具备这个可能。说白了，我们原本就打算半年后再实施器官移植，那时手术成功的把握会更大一些。

年底，君直律师召开记者发布会，公布了今贝先生即将接受器官移植的消息。这是有关他的第三则大新闻。这种做法并不符合这位财界教父一贯隐身幕后的行事风格，不过，以后人们就会知道，他这样做是有用意的。

记者们蜂拥而至，都急着打探出内幕消息，期望自己的稿子上报纸头条。他们都很困惑：今贝先生要接受什么器官移植？曾有消息说他右臂得了恶性骨瘤，但那显然是一次误诊，因为在此后的将近一年时间里，他一直健康如常，照旧用人们熟悉的笔迹签付着巨额的支票。比较敏锐的记者已经猜出，实际那连误诊都不是，而是为了那次古怪的预防式确权申请释放的烟幕。那么，伟大的今贝先生究竟要从无脑儿身上接受什么器官呢？

今贝先生没有在记者会上露面，他此时正躺在山台县脑神经外科医院的手术室里。而我正在手术室的净化槽里洗手，准备穿上绿色无菌手术服，开始手术。记者会上除了君直律师外，还有西铁集团总务部长中实一丑，他是今贝最得力的助手之一，在今贝先生术后一个月的时间里（那是神经快速再生需要的时间），他将暂时主持西铁集团的运行。今贝先生的生活秘书小松良子也来了——漂亮的小松小姐又被称为"秘密情人"。

不过——我看着表情招摇的小松小姐，禁不住暗想——她的 6000 万元的月工资恐怕不保，因为，在这次手术后的多少年内，今贝先生肯定用不上这位情人了。

记者招待会上没有今贝先生的家人。他妻子已经去世，两个儿子今天都未露面。我知道其中的原因：在这次手术之后，那两位不幸的儿子今生今世甭再指望继承西铁集团。自然喽，他们肯定对老爹的决定极为不满。今贝先生事先倒是做了安排，给两个儿子分了少量家产。现在，他们已经脱离西铁集团，自立门户，与今贝先生视如陌路了。

……　……

皇京新闻记者：律师先生，请问今贝先生今天到底接受什么器官的移植？我们已经知道，他的右臂实际并未长骨瘤。

律师（笑）：这正是我今天召开记者招待会的目的。我正式向大家宣布，今贝先生将接受一次全面的器官移植，包括双腿、双臂、心脏、肝胆肾胰脾、眼睛、耳朵、舌头、鼻子、躯干等等。除了一个器官——大脑。

KHN记者（目瞪口呆）：你是说……实际上，这个手术并不是今贝先生的什么器官移植，而是把他的大脑移植到无脑儿的身体内？

律师（神情严肃）：你说错了，把主客体混淆了。众所周知，在一些基督教国家，神父都不为无脑儿做弥撒。而我当事人的大脑则是他本人唯一有效的代表，这是法院已经确认过的。不妨打一个比方，人们常说"太阳从东方升起"，但那只是习惯说法而已。如果使用严格的科学语言，则只能说"地球向东方转去，迎向太阳"。同样地，如果用严格的法律语言，只能这样说：我的当事人今天将接受一个新的躯体。

时事通讯社记者：这种移脑手术是破天荒第一次，请问手术成功的把握有多大？

律师（再次纠正）：不，不是移脑手术，是移躯手术。我们相信它会成功的，我们已经为它做了十八年的准备。

KHN记者：我明白了，半年前你们向皇京地方法院提出的无相对人预防式确权申请，就是为了今天的手术？

律师：你们可以这样认为。现在，手术马上就要开始，所有来宾将目睹手术的全过程，不是通过电视屏幕，那样的见证没有法律效力，而是通过手术观察室的玻璃墙。诸位将亲眼看见：移入无脑儿脑颅中的，确实是我当事人的大脑而不是别人的。有件事拜托诸位，手术后麻烦所有在场人在见证材料上签上你们的名字。现在，请诸位到手术观察室吧！

他领着二十五位记者来到手术观察室，透过一堵玻璃墙壁，手术室内的情形看得清清楚楚。十几位医护已经做好术前准备，那个无脑儿躺在另一张手术床上，用白色罩单盖着，只有畸形的脑袋露在外面，它的人工心肺机尚未摘除。今贝无彦先生坐在手术床上，一向冷面对人的他今天难得地微笑着，向玻璃墙后的记者们挥手致意。仅一位记者代表获准进入手术室，他穿上无菌服，把麦克风举到今贝先生面前，请他讲几句。

今贝安详地说："今天是我的生死之赌，请诸位为我祈祷吧！如果我能以新形体新面孔从手术台上下来，请诸位不要认不得老朋友。请不要以貌取人。"

他的幽默没有引起笑声。倒不是记者们反应迟钝，而是他们平素对他太敬畏了，在他面前似乎不敢开怀大笑。他又通过麦克风回答了外面几个记者的提问，我作为主刀医生也回答了两个问题。

手术开始。无脑儿的人工心肺机被移走，残缺的颅腔被打开。今贝先生被麻醉后也打开颅腔，小心地取出大脑，移入无脑儿的空颅腔，并用生物相容材料（聚吡咯管）把大脑同颅外神经（视神经、脊髓等）进行桥接，这种桥接可以促使它们快速定向生长，在一个月内形成永久性连接。

在几十双眼睛的注视下进行如此高难度的手术，我自然免不了有些紧张，但总的说是胸有成竹的。可以说，我的一生就是为了这个手术，已经为此准备了十八年，进行过数百次成功的动物实验。我绝不能失败。除了脑外科圣手元濑是空的职业荣誉和责任心之外，还有一个砝码也是很重的——西铁集团20%的股份。

2

二十年前，我从著名的皇京医学院毕业，来到不大有名的山台县脑外科专科医院任实习医生。实习期满不久，我就遇到一个难度很大的手术。病人是一个4岁的女孩，患先天性颅裂，部分脑膜从裂隙处漏到嘴里，其中包括至为重要的脑垂体和下丘脑，一旦因进食等使其破裂，就会立即危及生命。医院认为必须马上做手术，但这个手术风险极大，本院经验不足，几位资深医生都建议患者转院。最后是我力主接受这个病人并做主刀医生的。手术成功了，25 岁的元濑是空在一夕之间成了医学界的名人。

不久后，今贝无彦先生通过律师邀我见面，我对他的邀请受宠若惊。J 国首富的垂青，自然意味着金钱和地位在向我招手。而且我有非常强烈的好奇心，想近距离看看这位拥有国土面积六分之一的巨富到底长什么样子，是什么样的心态。至于他约见我的用意，当时我却不甚了了。今贝先生旗下主要是休闲产业、钢铁和铁路，并没有医院或生物产业。他总不会要我去当专职私人医生吧？脑外科医生专业面太狭窄，是不适宜当私人医生的。而且我心中很矛盾，既盼望跟着他青云直上，也不乏深深的疑虑。谁都知道他著名的用人之道——不用天才只用庸才。因为他对集团一直实行帝王式管理，自古以来帝王不需要特立独行的臣子；他虔诚信奉中国荀子的性恶论，对每位新员工都要先用怀疑的目光盯着，直到你用行动证明你的忠诚。

今贝先生中等个子，衣着极简单，脚上的皮鞋甚至已经磨花了。但他的目光极为锋利，不怒自威，有天然的帝王之气。他身边的助手，包括一人之下、万人之上的总务部长中实一丑，都对他毕恭毕敬。他请我坐下，没有寒暄，开门见山地说：

"我知道元濑先生是一位才华横溢的年轻人。我今年已经 52 岁，该对自己的晚年做一些安排了。请谈谈你对衰老和死亡的看法。它们能避免吗？"

我谨慎地说："对于衰老和死亡有各种学说，比较可靠的是'程序性'说。就是说，生物的衰老和死亡都由基因中的指令所规定。比如人体细胞在分裂 50 次后就会死亡，并带来机体的死亡。只有生殖细胞和癌细胞能够把自己的时钟'归零'，因此它们是长生不死的。所以，只要能改变这个程序，死亡并非不能避免。"

"有什么办法能让人体所有细胞都归零？我知道果树的嫁接就能做到这一点，比如把黑宝石李嫁接到毛桃上，年轻的毛桃能使李树的生物钟归零，所以李树可以一代代嫁接，长生不死。人可以嫁接吗？"

我一时没听明白："你说人的嫁接？怎么嫁接？"

"嫁接大脑。大脑将被新的身体接受，并接受后者的基因指令，将时钟归零，同时又保持着原来的意识。"他看到我吃惊的表情，平静地说，"先不要说不行，想想再说。"

我认真考虑很久，最后说："你的想法很超前，但理论上是可行的，迁到新身体的大脑细胞的时钟很可能被'砧木'归零。不过移脑手术会相当繁难，现在已经有移植猴子头颅成功的先例了，但仅移植大脑的难度要大得多，因为它要把移入的大脑同'砧木'的很多颅外神经进行连接，比如视神经、脊髓、听神经、舌神经、面神经等。而且中枢神经的再生一直是个难点。"

"我知道很难，你只说有没有成功的希望，在二三十年内？"

我犹豫良久："不能说没有。"

今贝先生果断地说："那就该试试。我聘请你全权负责这件事，怎么样？我了解你的才华和勇气，而且你将享受世界上最强大的资金支持。抓紧干吧，争取在我有生之年实现突破。至于你的待遇，"他坦诚地看了看我，"有两种方案任你选择。你可以拿五倍于你目前收入的固定工资，而不管你的研究能否成功；或者一直拿你目前的低工资，但在你成功之后，具体指标就是我的大脑移植一周年之后仍然存活，那时你将得到西铁集团 20% 的股份。"

西铁集团 20% 的股份！这将使我一夕之间成为跻身福布斯排行榜的世界级富豪。我算不上非常贪财的人，但要说上千亿 J 元的财富对我没有诱惑，那是胡扯。我震惊地看着他，不敢相信自己的耳朵。他面无表情地说："送你 20% 股份我不会心疼的，如果我能永生，就不用向政府缴纳 70% 的遗产税，算起来，我还多了 50% 的财产呢。"

我知道按 J 国法律，个人财产超过 20 亿 J 元的，遗产交接时应缴纳 70% 的遗产税。今贝先生对此有个冷厉的评价：这是典型的强盗法律，比明火执仗地抢劫更无耻。

他问我："我的建议怎么样？我个人更希望你接受第二种方法，因为，"他又用那种锋利的目光看我，看得我像被剥光了衣服，"也许有些人对金钱并不贪婪，但只有把收益同成果挂钩，他才会迸发出最大的力量。"

他用肥肥的诱饵在我面前恣意晃动，无情地勾出我内心深处的贪念，不为我留一丝遮羞布。刹那间，我在平素对他的敬畏中平添了几分恨意，犹豫片刻后我咬着牙说：

"好，我接受你的聘请。我愿意接受第二种待遇。"

他看来早知道我会这样回答，点点头："很好。我很喜欢你的性格。相信我们的合作会很愉快。"

3

2012 年秋天，一个 70 岁的婴儿呱呱坠地。他的啼哭宣布了我（及我手下一万多名研究人员）十八年的努力最终获得了成功。我欣喜地想，我的 20% 股份可以说已经到手了。

不过，这哭声不能说是今贝先生的，那是来自他的"砧木"（那个无脑儿）的本能。随着今贝的大脑逐渐同"砧木"体内的神经接通，他逐渐接管了这具身体。一个月后我来到育婴室时，今贝先生已经完全从无脑儿的身体内"脱壳而出"。我面前是这么一个怪物：七个月的婴儿身体（加上手术前无脑儿存活的半年），娇嫩的四肢不停地弹动着，皮肤吹弹可破，小屁股胖得全是豌豆坑。特别大的脑袋——婴儿的原脑腔太小，虽然今贝先生 70 岁的大脑已经萎缩，仍不能装进去，是我用手术再造了一个足够大的脑腔。

大脑袋，五官位于面庞的下部——这正是典型的婴儿面部特征。所以，这个特大的脑袋更使今贝十二分的婴儿相，不由人不怜爱。但任何人只要看了他的眼睛，就不会这么说了。他的目光仍然像千年老妖，锋利如刀，能剥去你的衣服和任何伪装，让你不寒而栗。

现在，他用这样冷厉的目光看着我，说出了他的第一句话："元濑，看来你的 20% 股份已经到手了。"

说话的声音奶声奶气，但口气却老气横秋，尖酸刻薄，这种强烈的反差让人心里很不舒服。我不免恼羞成怒，因为这个刚会说话的"幼儿"一下指出我内心最深处的贪念。我挖苦地说："谢谢你还记得自己的许诺。我本来要对你的意识进行测试的，看来用不着了。从这句话的口气看，我面前确实是今贝先生，不用怀疑。"

受今贝聘用十八年来，我已熟知他的性格：圣心独断、严厉刻薄。他的手下都是绝对驯服的，即使主人把唾沫啐到脸上，他们也会保持着笑容，等到主人离开后再擦去。即使位高权重如中实先生也是如此，可能就君直律师除外。不过我的身份比较特殊（我握着今贝的生死呢），用不着这么奴才，我仍然对他很敬畏，但现在是多少带着恨意的敬畏。当他对我说话的口气过于尖酸时（对他的部下，他很少不用这种口气说话），我也会反唇相讥。后来我发现他其实很喜欢这样，喜欢能有一个人经常同他血淋淋地互相刺伤。也许他听到的阿谀太多，日久生厌了吧。这会儿听了我的挖苦，今贝放声大笑，有如鸮啼。然后他颐指气使地说：

"我饿了，我要吃奶！"

今贝苏醒之前我们一直用静脉滴注法维持他的生命，但奶妈早就准备好了，准备了三个。当然不会用上这么多，但小心一点总没坏处，再说我又不必为资金犯愁。很快我就知道，这个决定是多么英明。三个奶妈都是从偏远地区的农村来的，倒不是我们为了省钱，而是如今城里的哺乳期女人常常没有足够的奶水。第一个奶妈进来了，一眼看见婴儿特大的脑袋，非常吃惊，不过什么也没有问，把今贝抱到怀里，撩起衣襟。她的乳房非常饱满，这会儿已经"惊奶"，溢出的奶珠儿散发着奶香。今贝朝这对乳房打量一番，满意地向我点点头，抱着乳房贪婪地吃起来，我能清楚地听见他急迫的吞咽声。两个乳房很快吃空，他恼怒地哭了一声（这是"砍木"本能的又一次反弹），但哭声半截里突然止住，他粗暴地命令："我还要吃，再找一个来！"

奶妈不知道怀中的婴儿已经会说话，更料不到会是这样的口气，惊得目瞪口呆。我挥挥手让她出去，唤来第二个，然后是第三个。一直到六个乳房都吃空，今贝才吃饱。护士栗原小姐抱起他拍打后背，他满意地打着奶嗝儿，说："我从即刻起恢复工作，让中实一丑来见我吧！"

中实先生带着五个部下立即赶来，向他汇报一个月来西铁集团的要事。今贝先生坐在护士怀里听汇报，果断地下着指示。看着六个大男人在一个大脑袋婴儿面前毕恭毕敬，实在是一道别致的风景。

不过，我没有时间欣赏，我下令立即再找几个奶妈。依今贝的饭量，三个奶妈很快就会不够的。事实证明我的决定非常正确，今贝先生的饭量飞快地增加，远远超出任何人的预料。到第七天就需要十个奶妈了，半个月后是二十五个，一个月后则变成一百个。他的生长速度则更为惊人，夸张一点儿说，站在旁边看他吃奶，能感觉到那个身体不停地膨胀。

奶妈的报酬也是今贝先生之前定的，大致同我的待遇方案一样，有两种，可以自选：一种拿较高的固定工资；一种拿较低的固定工资，但一年后有2000万J元的特别酬金。大部分奶妈选了第二种，对于这些比较贫寒的女人们，2000万的诱惑是难以抗拒的。不过，大部分奶妈最终没能拿到它，她们干了一两个月后都落荒而逃。原因有两个：一个是这位大个子婴儿（那时已有10岁孩子那么高）的吮吸太贪婪，常常吸出血丝来还不罢休，疼得奶妈们咬牙蹙眉。第二个原因，不大好说的——当今贝两手捧着乳房吮吸时，眼睛也不闲着，那绝不是吃奶孩儿看"妈妈"（乳房）的目光。我对此其实早看在眼里，只是没有对别人说破。

我只好尽力扩大奶妈的来源。在这之前，今贝先生坚持只让我在本国征聘，他要保证"大阳民族乳汁的纯正"。但此时已经需要一千名奶妈，国内确实无法组建一个近千人的奶妈军团。在我反复解释后，今贝终于放宽条件，允许我向他国征聘。

一千名奶妈很快找齐了，我告诉今贝先生，新来的奶妈们大都选择了第一种付酬方案。我解释说，这些不开化的女人们个个都太短视，只知道眼下就能装到口袋里的钱才是真实的，只好由她们了。实际是我悄悄劝她们这样选择的，我不忍心让她们落荒而逃时还两手空空。

当然也有不相信我的好意，坚持选择第二种付酬方案的奶妈。当我为她们暗地惋惜时，有时也不免想到自己。我是否就比她们聪明？也许二者没有可比性，毕竟我已经基本成功了，西铁集团20%的股份可以说已经到手了。不过，我不敢说君直律师会不会在暗地里可怜我。他一直是拿固定报酬的。

我们离开医院，迁移到今贝旗下一家皇子饭店。饭店停止对外营业，因为一千名奶妈的吃住已经让饭店饱和了。每天，排成长队的奶妈们络绎不绝地走进今贝的屋子，又走马灯似的出来，那场面煞是壮观。她们的进出几乎没有停顿，因为一天内吃完一千个奶妈的两千个乳房，那可是一个相当艰巨的任务啊。今贝的生长速度非常惊人，三个月后已经长到1.7米了。他的膨胀已经不是什么"感觉""似乎"这类词所能形容的，现在，站在旁边看他吃奶，能清楚看到那个身体吹气球般不停地胀大。这种情形让我心生敬畏：世界上哪有如此强悍的生命力，如此强大的占有欲？毫无疑问，有关指令必定来源于今贝的大脑，而不是来源于"砧木"。想想这么一个普通的无脑儿身体，在接受了今贝大脑的指令后，就化普通为神奇，实在匪夷所思。天纵奇才，世上没有第二人能够如此的，你不服气都不行。

今天，君直律师和中实先生匆匆赶来，带来一个坏消息。律师说：近日国内舆论渐渐充满敌对的意味，很多人认为，一个巨富滥用科学方法来逃避公民应尽的缴纳遗产税义务，并用不断更换的肉体占据西铁掌门人的位置，实在是贪得无厌。他们敦促有关部门采取行动，但法律界人士说，法律对此无能为力，法律无法剥夺今贝先生的权利，因为他的大脑确实活着，何况他事先还特意对大脑的代表性做了预防式确权。他俩陈述这些情况时，今贝先生没有中断吃奶，用眼睛斜睨着律师，冷冷地说：

"只要法律无奈我何，一时的舆论算什么！"

律师看看中实，中实忧虑地说："舆论也不能不重视，现在有些势力的政界要人已经在撇清同西铁集团的关系了。"

今贝仍不停地吃奶，过一会儿冷静地说："去把舆论扭转过来。找几个咱们的记者，利用'婴儿'做文章，激发社会的母爱。"

律师立即频频点头，看来他马上就领会到这个指示的英明。他们又商量一会儿具体做法，两人起身告辞。我趁机提出一个建议："今贝先生，一千名奶妈的开销太大了。现在你已经有了类同 15 岁的身体，满口好牙，为什么不试试吃食物呢？"

那两人还没发表意见，今贝怒气冲冲地说："你想剥夺我母乳喂养的权利吗？你不要忘了，不管我的身体有多高，但我的年龄只有两个月大，吃奶是我的权利。我至少要吃够一年再断奶。"他冷冷地说，"请不要担心你的股份，区区一千个奶妈的开销不会让我的财产缩水。"

我被噎得倒抽一口气，真想把一口唾沫啐到这怪物脸上，然后拂袖而去。不过我舍不得快要到手的股份。我恼火地发现，今贝先生移居到新身体后脾气更坏了，完全是一个被宠坏的脾气乖戾的孩子。君直律师看看我，圆滑地说："元濑君的建议是好意，今贝先生心中是理解的，请元濑君不要见怪。不过，中断哺乳这件事以后不必再提了，今贝先生的身体健康才是最重要的。"

律师非常有才华，轻易就扭转了舆论。方法再简单不过，就是把我们过去一直严格保密的、有关今贝先生的生活照有选择地披露了十几张：

——大头婴儿在哭（他才苏醒时哭的那一刻）；

——他在香甜地吃奶；

——奶妈在怜爱地看着他。

如此等等。

所有这些照片都隐去了他冷厉的目光，所以给人的印象就是一个弱小无助的、惹人怜爱的小家伙。看着这些照片，谁还能忍心对他不满？谁还能把他看成一个想鲸吞几千亿税金的财界大鳄？

鉴于这些照片的反响不错，律师按时间顺序继续发布他的照片：

——今天小今贝长高了 11 毫米！

——看，1.2 米高的两个月婴儿（时间不包括无脑儿存活的半年）！

——吃奶的婴儿已经比奶妈还高！

——请看小今贝的大肚量，一千个奶妈轮流哺乳！

这些照片很搞笑，公布后自然要影响今贝先生的威望。我想不会再有人对他敬畏如神了。但恰恰是这样的搞笑有效地抵消了社会的敌对。民众们看着照片，哈哈大笑之后，不由得把他看成自家的孩子。

但我犯了一个不可饶恕的大错。当小今贝饕餮大吃、飞速生长时，我只顾惊叹于他强悍的生命力和占有欲，没有考虑到他会突破生长极限。我想尽管他生长的速度惊人，那不过是把正常人的生长提前了，浓缩了，在长到一定限度，比如 1.8 米或者 2 米之后就会停止的，至多长到 2.5 米吧，那是人类身高的世界纪录。地球上各种生物无一不有生长限度，那是上帝嵌在基因中的密令，运行了几亿年而从没出大的差错。但我没想到今贝先生比上帝更强大。

当今贝的身体接近 2 米时，我才为时过晚地为他做了脑垂体和骨骼生长面的测定。结果出来后，我忧心忡忡地来到哺乳室，请奶妈们暂时离开。我内疚地说：

"今贝先生，有麻烦了。"

被打断了吃奶的今贝很不耐烦，皱着眉头说："快说！请记住，我不希望听到无用的辩解。"

我强挤出笑容："先说一个好消息。对你大脑的检查表明，状况非常好，好得超出我的最好预期。原来的大脑空洞已经被新的神经元填补，原有的褐色素（大脑衰老后产生的废物）大大减少，基本上被全部吸收了。可以肯定，你的70岁的大脑已经接受了婴儿身体给的指令，把时钟'归零'了。"

今贝点点头："很好，这正是我的预计。我付给你的报酬没有白给。"

"不过也有一个坏消息。另一个检验结果是：你的身体已经忘了'到某一刻停止生长'的指令，很可能将无限地长下去。很奇怪的，你的大脑不知怎的竟然能改变上帝的指令。很抱歉，我没有预计到这种可能。"

我对他讲了人体生长的正常指令，比如脊椎骨和长骨的生长板到一定年龄就会关闭，身高不再增加。又比如每个细胞都受控于一种"接触抑制指令"，当周围的细胞互相挤压时，它们就会自动停止分裂，只有癌细胞除外。但现在，他的身体把这类自我抑制的指令全都忘了，一个劲儿地长下去。

今贝漫不经心地说："那有什么关系？我想我拥有的土地

足以放下我的身体，不管它的高度是 2 米还是 100 米。不管长到多高，我总不至于饿肚子吧？"这些天他已经超重，说话时免不了气喘。他喘喘气说下去："也许 100 米高的身体才恰恰与我的财富相称，我不怕长成一尊活的巴米扬大佛。"

我苦笑道："不，不是你说的这样简单。要知道，动物的骨骼强度与尺度的平方成正比，而体重与尺度的立方成正比。也就是说，强度的增加最终肯定赶不上体重的增加。由于这个作用，生物的大小是有一定限度的。比如，现今最大的陆生动物是非洲大象，体重六七吨，除非死了，它们终生不能卧倒，否则内脏就会被自己的体重压坏。有史以来最大的陆生动物是蜥脚类恐龙，体重接近 100 吨，这也是陆生动物体重的极限。"我忧虑地说，"今贝先生，从你的生长趋势看，完全可能超过蜥脚类恐龙，你的体重将导致自身的崩溃。"

他意识到了事情的严重性，沉默片刻，冷冷地说："该怎么办，那是你的事。我付你这么高的价钱，不是让你来对我摆一副苦脸的。"

我当然理亏，低声辩解道："但我做的所有动物实验都成功了呀！你也很清楚的，在所有动物实验中，被移植的大脑都被归零，被青春化，但受体的生长速度保持正常，也保持着正常的生长极限。我想你的情况一定与你个人的特质有关，可能你的占有欲太强大，甚至强于上帝的指令。我已经尝试过用药物来控制，但看来控制不住。"

今贝发怒了："我不会因为你的无能而改变我的性格。少给我说上帝不上帝的废话，赶快去想办法。"他刻薄地说，"我知道你会努力的，你还盼着那20%的股份呢！"

今天我不敢反唇相讥，因为确实理亏。我负疚地说："我会努力的。如果实在不行，您只有暂时生活在水里了。水里有浮力，生物体重的最大限制可以大大放宽，鲸鱼就是有史以来最大的动物，蓝鲸体重可达180吨，比蜥脚类恐龙还大。然后，我会尽快找到解决办法。"

4

四个月过去了，我还是没找到控制办法，但此时今贝的身高已经达到6米。我让工人紧急施工，把有三层楼高的错层大厅改成卧室，因为他已经无法塞到标准大小的房间里。即便这个卧室也是暂时的，必须赶紧想办法，否则他再长几天，就无法从大门里出来。他的食欲和生长速度至今没有丝毫减退和放缓的迹象，一千个奶妈在三楼的走廊里川流不息，隔着栏杆喂一楼的今贝吃奶，那景象就像是长颈鹿吃树冠的叶子。

我犹豫几天，最后下狠心，决定把他迁到水里。当然最方便的是迁到内湖，可惜的是，尽管今贝先生占有 J 国六分之一的土地，但这些地域（甚至全国）都没有足以容纳今贝先生的大湖（要考虑到他今后的发展）。最后，我们决定去海里，选定了澳大利亚诺福克岛附近的公海。那儿比较温暖，水质很好。澳国又是与J国关系很深的邦交国，什么事都可以有个照应。

我们租用了一艘万吨散装货轮，改装出一个巨大的精美卧室，房顶是活动式的，可以拉走以便吊装。我催逼着工人连日施工，因为今贝的生长速度紧逼着我，一刻也耽误不得。七天以后，一切准备妥当。我租用国内最大的56轮900吨平板运输车把他拉到港口，用800吨岸吊把他吊进去，盖上房顶，运到目的地，再用500吨的船吊把他吊出来。等他终于平安地落到海水里，我长长地舒了一口气。

他的身体中脂肪含量较大，再加上海水比重大，所以根本不用游泳，轻轻松松就浮在水面上。实际上，他立刻就喜欢上了新环境，因为，入水之后他的呼吸马上就轻松了，内脏也不受压迫了。这个小山一样的庞然大物在平静的海面上自由漂浮，时而仰卧时而侧卧，惬意得很。

一艘J国驱逐舰在附近游弋，二十名穿着黑衣潜水服的蛙人散布在周围保护他。这都是从J国军队按天租用的，开支不菲。虽然他与首相及防卫厅长官关系很深，但他们不敢卖这么大的人情白给他使用军队。我坐快艇绕着他转了几圈，看着他伟岸的身躯，不由想道：他肯定是有史以来最伟岸的人了，而且他的伟岸进程还远没有终结。

今贝先生"迁居"到新身体中已经十个月了，如果算上无脑儿存活的半年，已经是一年零四个月了，但他仍坚持要吃奶，毫不通融。他要坚决维护一个婴儿至少吃一年母乳的神圣权利。但此时他的胃口已经不是一千个奶妈所能满足的了，再说，让一千个奶妈都跟着到海里，生活起居未免太麻烦。不过，在选定这片海域时，我已经想到了一个很好的解决办法——让他吃鲸奶。一头鲸妈妈每天可产450升营养丰富的乳汁，还是完全免费的。这样也不用为奶妈的数量犯愁了，单是南太平洋海域就有几千条蓝鲸，"奶妈"多的是。

我碰巧还知道澳大利亚有一个"鲸鱼教授"，今年刚退休，这个老家伙与鲸鱼们混得如同哥们儿，使用人工鲸歌可随意召唤鲸群。君直律师找到他，充分施展谈判技巧，说服了鲸鱼教授同我们合作，条件是我们得付一大笔钱用于世界鲸类保护。不过我们不吃亏的，这不过相当于一千个人类奶妈的费用罢了。

比较麻烦的是劝说今贝同意由鲸奶替换人乳。出发前，我同律师商量了此事。律师有点儿担心，我倒是胸有成竹。我已经知道，尽管今贝先生非常固执，但碰到关乎生死的大事，他还是很现实的。比如上一次，因为本国的奶妈不好招聘，他就放弃了对乳汁血统的坚持，同意使用其他国家的奶妈。这次也一样，我耐心地说明必须使用鲸奶妈的理由，包括鲸奶营养如何丰富，一头幼鲸每天能增加90公斤体重，等等，他目光阴沉地瞪了我很久，最终还是答应了。

一只快艇向我们驶来，头发雪白的鲸鱼教授得意扬扬地立在上边。我几乎听不到他发出的鲸歌，那是 20 赫兹的低频声波，接近人耳所能辨听的声域下限。在他后边是二十几道冲向天空的水柱，此起彼落，有近 10 米高，伴随着巨大的啸声。鲸群游近了，这是一个蓝鲸群，大约有 40 头，深蓝色或灰色身体上带着淡色的斑点。其中有十七八头是正在哺乳的母鲸，各有几头小鲸跟在它们后边。教授又发出了什么信息，一头母鲸听话地游过来，一直到今贝先生身边才停下，用它的小眼睛好奇地打量着这个大个头儿的吃奶儿。蓝鲸的体魄让人敬畏，听说它们的舌头上能站五十个人，心脏有汽车大，动脉血管粗得能让一个人类婴儿爬过去。但今天人类在它们面前倒不用自卑，至少我们有了一个超群出众的代表，其个头儿一点儿也不逊于它们。

教授挥挥手，一个蛙人游过来，用一个吸盘吸住鲸的乳头。我不知道鲸鱼教授如何说服鲸奶妈去喂一个异类的义子，但不管怎么说，它安安静静地待着。吸盘通过消防带般的粗管连到一个塑料奶头上，今贝立即抱着奶头狂吸。这趟旅途没让一千个奶妈跟来，只能让他饮桶装牛奶，他早就馋坏了。粗管是透明的，白色的乳汁汹涌奔流，狂泻到黑洞洞的大嘴巴里。这头母鲸的奶水很快被吸空，正馋奶的今贝舍不得吐出奶嘴，仍然狂吸不止。管内白色的奶流变细了，开始夹带着红色的血丝。鲸奶妈痛苦地扭动着身子，尾巴拍出狂暴的浪涌。我和鲸鱼教授同时发现了，急忙让蛙人断开吸盘。鲸奶妈如遇大赦，急慌慌地逃走。

教授勃然大怒，粗野地破口大骂，坚决不许蛙人再碰其他母鲸。这次他被说服同我们合作，一半是因为我们许诺的用于世界鲸类保护的巨款，一半是缘于这老家伙好玩的天性。他说让鲸奶妈们喂养一个人类义子，一定是非常有趣的事。但他没想到这个义子是如此贪婪，让他的鲸鱼受了伤害。他骂着，对我的劝阻理都不理，坚决要领着鲸群离开。我一筹莫展，看着今贝先生，但今贝的权威在这位"鲸鱼的铁哥们儿"身上没有丝毫效力，他很聪明地韬光养晦，一言不发。关键时刻还是君直任前律师有办法，他坐一只小船过去，拦住教授的快艇，生气地责备着："教授，你怎么能对一个孩子这样冷酷！不错，他是吸得太贪了一点儿，但他饿呀，这一路上都没能好好吃奶，早就饿坏了。别看他这么大的个头儿，其实只有十个月大，是个狗屁不通的孩子，他怎么知道吃奶应该有节制呢？你甩手一走，忍心叫他饿死吗？"

教授被这番义正词严的责备镇住，虽然还恼火，但已经不再挣扎着要走了。律师赶忙换上笑脸说："教授，别跟孩子一般见识，只要把事情说清，他下次绝对不会这样贪了。再试一次，怎么样？"

律师说话时我也在小船上，一直担心今贝这会儿做出什么或说些什么，让教授看出他并非懵懂的奶孩儿。甚至他不说不做，只要教授看见他锋利阴冷的眼神，那律师的假话就会穿帮。

好在这是在辽阔的海面上，今贝离这里有几十米远呢，教授看不到那边的眼神。他犹豫很久，答应了，要我们保证不会再对鲸奶妈造成伤害。我们忙不迭地应允。

小船驶回今贝身边，律师冷着脸，强压怒气低声说："你为什么吃得这样贪？十七八头母鲸在这儿，还怕饿着你？下次一定要有节制，否则我也无能为力了！"

今贝从没听过律师用不敬的口气对他说话，于是恶狠狠地回望着他，看得律师转了目光。但我说过，在关乎生死的大事上，今贝先生非常现实。他知道律师的话虽不中听，却是必须照办的，便默认了。这时，另一头鲸奶妈的乳汁送过来，今贝又贪婪地狂吸起来，但自此之后他不再犯上次的错误了。

一个月过去，鲸奶妈们慢慢习惯了，或者说喜欢上它们的义子，后来甚至不用教授出面，每天都会有十几头母鲸准时赶来，喂他吃饱，还要在他周围流连很久，用低沉的声音嗡嗡叫着，似乎是想同他交流。小鲸崽们也熟悉了它们的义兄弟，用鼻头顶着今贝玩耍。不过今贝从来没有这样的雅兴，不吃奶时他还要赶着处理国内发来的快报呢！我想这些小家伙们真大度，当某位鲸妈妈轮上喂今贝时，自己的鲸崽肯定要挨一天的饿。尽管这样，它们一点儿不记恨抢了它们奶水的大个子弟弟。

有了这些母性强烈的鲸奶妈，有了这营养丰富的鲸奶，今贝先生更是急剧地长大着，不可抑制。现在他的身长已经两倍于鲸奶妈们。不要忘了，那可是身长30多米的蓝鲸，是有史以来地球上最大的动物啊！估计今贝的体重已经超过 300 吨，他的头颅像山丘，鼻孔像阿里巴巴的山洞，汗毛比耗子尾巴还粗。我决定等稍微闲暇一点儿就去申报一项吉尼斯世界纪录——地球上有史以来最大的动物。

早前决定把他送往大海时，还有一个很头痛的问题——安全。这儿有鲨鱼和虎鲸，它们对这么大块头的食物一定很感兴趣。所以我们雇用了军舰和蛙人日夜守卫。后来发现完全不必。曾有鲨鱼和虎鲸来过，远远地逡巡着，然后悄悄溜走了。它们是被今贝先生的庞大吓住了？细想不是。第一头虎鲸来拜访时，今贝的个头儿还赶不上蓝鲸，而凶残的虎鲸是连蓝鲸和大王乌贼都敢进攻的。后来才知道，今贝先生已经不经意间建立了有效的自我防御体系。他这么大的食量，排泄物自然不少，久而久之，周围的海水都被毒化了，方圆几十海里不见活物。我们待在船上，海面上强烈的臭味儿扑鼻而来，令人作呕。只有鲸奶妈们还是一如既往地来哺乳，一点儿不嫌弃他。要不怎么说母爱最伟大呢？

5

　　再过十二天就是今贝的周岁（不包括无脑儿存活的半年）。这是一个值得隆重庆贺的日子。到这一天，我将成为西铁集团20%股份的主人，跻身福布斯世界富豪排行榜的前列，也将成为脑外科界的圣手，历史书将为我开创的脑移植术记上一笔。

　　我们开始准备庆祝。当然对外不能说是周岁庆典。今贝的法律年龄是71岁，如果对外承认他是一周岁，那他的遗产税就逃不掉了。我们为此已经花费了上千亿的金钱，当然不会干出授人以柄的傻事。但他的身体又确实只有一岁。所以，庆典的名字让我们绞尽脑汁。中实一丑甚至想出一个自认为响亮的名字——移灵（魂）一周年。君直律师抢白他："人死了迁葬才叫移灵呢！"讨论到最后，不得不用"手术成功一周年纪念"。这个名称比较含糊，也很不响亮，今贝不满意，但他最后勉强同意了。

　　鉴于他的身体不良于行，庆典只能在这儿的海面上举行。预计要参加的政界要人很多，首相肯定是要来的。今贝先生一向同首相有特殊关系，曾对他有过十数次大手笔的政治捐金，首相召开派系会议时也总是选在今贝旗下的皇子饭店。前段因舆论不利，首相也曾撇清过同他的关系，但这会儿风声已过，首相不必避嫌了。随首相来的还有政府、参众两院的大批要员。今贝的两个儿子当然不会来，他们如果来，面对着只有一岁的父亲，一定会非常尴尬。我要说，我平素鄙视的小松良子其实为人很厚道，这一年来今贝不需要她的特殊服务了，大幅削减了她原本 6000 万 J 元的月薪，但她还是很念旧的，自费也要赶来参加这次庆典。不过我想，如果她看到这个小山一样庞大的、年龄只有一岁的身体，不知该作何感想。

自从移居到海里，今贝先生一直赤身裸体，原因很简单，如果他穿衣服，衣服比剧院大幕还要大，穿一次脱一次都太困难了，再说这儿水温又不冷，不穿衣服也过得去。但如今不同，在庆典上他总不能赤身裸体地同首相拥抱吧？我们商量下来，决定给他做一个比较别致的兜肚，能够盖住他的胸腹和裆部。虽然屁股仍然光着，但他平素习惯于仰躺在水面上，庆典时让他仍保持这个姿势，兜肚勉强可以遮羞了。不过即使只是一个兜肚，其尺码也够惊人的。

海面上的异味儿越来越重，我们是"久居兰室而不闻其香"了，但政界要人们初来乍到，肯定"享受"不了。这个我们也想出了办法：到庆典的前一天把他转移到一处新的海域，再用直升机大面积地喷洒香水。

还有一件大事——今贝总算同意了从明天起断奶。庆典之后，鲸奶妈们将同他告别，而中实先生监造的一艘专用厨工船将锚定在这儿，这艘船上有五十名厨师，自动化生产，每天能生产 30 吨寿司或其他食物，足够今贝先生食用。

所有准备工作都已齐备，只等着庆祝日到来。

今贝先生移驾到海里已经有近三个月时间，非常幸运，三个月来这片海域一直风平浪静。律师笑着说这是因为今贝先生福缘深厚。谁也没有想到，就在周岁庆典的前两天，风浪突然来了，先是政治上的飓风，然后是自然界的恶浪。

国内突然传来噩耗，中实一丑先生被警方发现在他的寓所里自杀。原来，警方早在秘密调查西铁集团多年来的违规运作，包括隐瞒真实的持股比例、发布不实财务报告、暗地操纵股票交易等。前天，他们传讯了中实，中实承认了所有事实。大概他觉得无法对主人交代，当天晚上就自杀了。

消息传来时，这片海域正经历着我们来后的第一次风浪。乌云低垂，天光晦暗，大风掀起四五米高的巨浪，驱逐舰在风浪中剧烈摇摆，本应在四周巡视的蛙人们都暂时撤到舰上。今贝先生本人倒没关系，他仍浮在水面上，安之若素，庞大的身体压平了大浪，风浪只能使他微微摇摆而已。这些天我们已经发明了一个习惯用语，把他的身体称作"今贝岛"。他甚至成了我们的避风港，我乘坐的小船这会儿就系缆在他一个脚趾上。

天空中雷声隆隆，不过远比不上今贝的咆哮。巨大的嘴巴，巨大的声带，再加上更为巨大的胸腔共鸣，他的怒骂声在附近海面上激起了形状特殊的波峰，与大风引发的波浪明显不同。

"饭桶！死有余辜！这些小事都不能摆平，几十年来西铁一直是这样干的，大部分财团都是这样干的，偏偏在他主持的这段时间内出事！"

我想他的怒火不能说没道理。如果今贝一直把着公司之舵，相信凭他的手腕和威望，没有警察敢惹他的。中实先生的才干毕竟是差多了。但今贝的狂怒也让我的敬畏贬值不少。众所周知，狂怒失态是无能的表现。我遗憾地想，看来那个无脑儿的身体也对今贝先生有反向的消极影响——他变得幼稚化了。

今贝咆哮着，让我通知律师快点返回这里。律师前天回国了，是为了迎接首相等庆典贵宾，然后陪着贵宾们一起来。我想他回国后肯定会得知这个噩耗，按说他该在第一时间告知主人的，但为什么一直音讯全无？我用海事手机联系了君直，是一个年轻女人接听的，她说她是负责照料病人的护士，君直律师在听到那个噩耗后就中风了，至今昏迷不醒。我驾着小船驶近今贝的耳朵，在风声中大声通报给他，今贝更为狂怒：

"这只老狐狸！他要从沉船上逃走了！"

我非常反感他对律师的中伤，想想吧，律师为了集团的事急火攻心，突患中风，至今还生死不明。不过冷静下来想一想，今贝说的并非没有可能。可能君直律师比我们更了解此次风波的险恶，不愿蹚这浑水，但作为律师，临阵逃脱又太无职业良心，会使他在律师业界臭不可闻。他这么一中风，人们只会同情他，不会再责备他了。对，也许真是这样的，今贝与君直律师有四十年交往，应该比我更了解他。

熬过一夜的狂风恶浪，上午风浪小了一些，一架水上飞机飞来，在头上盘旋几圈，艰难地降落在附近海面上。也许君直律师扶病赶来了？于是我忙乘小船过去。原来是 J 国皇京的警察，他们是来拘捕今贝先生的。我想这些警察一定是超级土包子，大概从不看新闻的，竟然不知道他们来拘捕的疑犯是何等伟岸的人。他们乘小船到了"今贝岛"旁边，仰面打量着这具高耸如山的身体，傻眼了。不用说，眼前这位是不能塞进水上飞机的，连一条腿也塞不进去。警察们只好宣示了拘捕令，命令今贝先生不得离开这一带，以待警察们带着一艘巨轮返回。然后，他们狼狈地乘飞机撤离。

我赶紧用海事手机同家里人联系，果然，这次对西铁的行动不同寻常，政府迫于国内糟糕的经济形势，不能再对财界的腐败漠然不理，决定拿西铁集团开刀。首相的发言人已经发布讲话，撇清首相同西铁集团的关系，他解释说：过去首相主持的议员派系会议之所以多在西铁的皇子饭店举行，只是因为该饭店高质量的服务，并不是同某人有私人关系。

想想这位首相原定就要来参加周年庆典，我真正理解了一个词汇的含意——政治动物。

但我没有时间再操心这些琐事了，因为一个更现实的麻烦摆在面前。原打算让今贝先生明天断奶，但不知道哪儿的安排出了纰漏，结果厨工船一直没到，而鲸奶妈们却提前一天不来了。我想鲸鱼们不读报不看电视不听广播，不会知道今贝先生的落难，所以它们的不辞而别绝对不会是出于势利心。也许是鲸鱼教授捣的鬼？他不想让鲸鱼们继续喂养一个劣迹已彰的家伙，悄悄通知鲸鱼们离开了？不知道，这会儿我没有精力去查证。反正几件事的综合结果是：今贝先生今天没饭吃了。开始时，他在狂怒的情绪中暂忘了饥饿，但饥饿的力量太过强大，甚至超过政治上的得失。快到中午时，今贝的饥火转化成冲天怒火，凶恶地骂我：

"浑蛋！失职！快为我准备食物！中午吃不饱我就扣减你的股权！"

不用他催，我早就急坏了，用手机频频联系厨工船和鲸鱼教授，双方都一直关机。我只好央求今贝先生提前一天放弃"吃母乳的神圣权利"，从今天中午就改吃正常食物。我说过，今贝在这样的大事上是很现实的，臭骂我一通后，同意了我的请求。我忙赶到那艘驱逐舰上，向他们借来船上所有食物，用小船载过去，把船系在"今贝岛"上，让船员佐川把食物往上运，直接送到今贝的大嘴巴里。我总共运了三船，才把今贝先生的饥火压住，那时我和佐川已经累得不想吃饭了。从昨天下午听到中实自杀的噩耗，一直到现在我都没有合眼，这会儿实在困极，就歪在小船的船舱里睡着了。

这一觉一直睡到晚饭时刻，今贝先生的咆哮声和船员的摇撼把我惊醒。佐川惊惶地说："元濑先生，怎么连保护我们的军舰也撤走了？"我强睁开眼向地平线上看。苍茫的天色中，只有浊浪在地平线上涌动，见不到船舰的影子。我突然想起，西铁集团与军队的合约正是今天到期，而且船上的食物已经被我搜光。这会儿他们撤走，从法律上和常理上说都没有错。不过，眼看着我们这边的境况，他们竟然不辞而别，这事做得够绝情了。我想，可能他们也是受够了今贝的乖戾，巴不得尽早离开。

今贝在咆哮，他在要他的晚饭。这是合同约定的我不可推卸的职责，也是一个周岁孩子的神圣权利，他才不管大人世界的天塌地陷呢！但我此时叫天不应叫地不灵。小船上只有一个船员佐川，没有多少食物和淡水。也没有捕鱼工具。即使有也不行，就是能钓上几条鱼，连今贝的牙缝也填不满呀！我考虑了一会儿，对忠诚的佐川说："你开船到最近的诺福克岛上，无论如何也要想法解决明天的食物和淡水。我再和国内联系，做出后续的安排。你一个人去吧，我只能留在这儿，我的责任是推卸不掉的。我留在'今贝岛'上等你回来。你快去快回。"

我离开小船，顺着今贝的小腿爬到"岛"上，佐川把唯一的两袋压缩饼干和一瓶瓶装水扔给我，驾船离开，突突的马达声渐渐消失在夜色中。留下的食物和淡水足够我用一天的，但我不能用，我得去喂那个贪得无厌的大嘴巴，虽然这些东西对于他来说几乎是空无。

这个人体之岛上没有可以攀抓的树木和石棱，但有鼠尾粗的汗毛，所以爬起来不算难，我拽着他的汗毛，小心地伏"地"而行，生怕从他圆鼓鼓的躯体上滚落。从小腿走到大腿，到腹部，到胸部，最后站在他的喉结附近，立起身，高高举起手，这个高度勉强能把食物送到今贝的嘴里。我负疚地说："今贝先生，今天只有这点食物和淡水了，你忍一晚上，明天给养就能送来。"

今贝已经饿得没有力气发怒，连说话都没有力气，把我给的东西吃完喝完便闭上眼，软塌塌地一动不动，像死人一样。我也不再打扰他，窝在他的锁骨窝里，闭上眼睛假寐。我很同情他，因为经过这一年，我对他的胃口有了太真切的体会。对于他来说，一顿不吃饭简直是天下最残忍的刑罚。想想这个吃食机器至少还要运转七八十年（这只是指他不去再次转世的话），我真有点儿悚然而惧的感觉。七十年中，将有多少自然资源投放到这个巨口中，最终变成粪便啊！当然，凭他的财富，即使经这番折腾后大大缩水，剩下的也足以满足他的口腹之欲。

想到这儿，不由得想起我的 20% 股份。西铁集团的财产大大缩水后，我想凭这些股份跻身福布斯世界富豪排行榜肯定是没戏了，不过仍足够我做一个富人，养家糊口，送儿子上昂贵的私立大学，给妻子买名牌服装和化妆品，让全家享受高级的医疗服务等，这些都是没问题的。这些年来一直埋头于为今贝服务，我和妻儿在一块儿的时间屈指可数，太亏欠他们。能有这点儿缩水后的财富留给妻儿用，我也满足了，虽然这种豁达其实是无奈。

我看看防水表，已经是夜里零点五分，合同中的"存活一年"条款至此已经不折不扣地实现。也就是说，哪怕今贝先生这会儿就饿死,我的股份也已经到手了。当然这么想有点儿缺德,我不会让他饿死的。合约到期后我绝对不会再续约,我对这个工作、对今贝无彦,都已经受够了。不过,走前我一定会把后事妥善安排好。这是做医生的良心。

算起来我已经一天水米未进,胃里饥火炎炎,喉咙干得冒烟。虽然极端困乏,但我一直不能入睡。直到天色将亮,我才多少迷糊了一会儿。

迷糊中,我的身体缓慢地腾空而起。我努力睁开眼睛,发觉自己是在几十米的空中。我吓坏了,定神一看,是在今贝先生的右手心里,他的掌纹深如山涧,远处,五个极为粗壮的指头弯曲着,就像擎天的石柱。向前看,我所在的高度正与他的鼻子平齐,所以我们两个基本是平视着对方。我问:"今贝先生,你喊我有什么事?别担心,给养船明天——不,是今天,一定会到的。"

今贝一言不发,而我的身体正慢慢向他的嘴巴靠近。我终于知道了他的用意,震惊不已,又实在难以相信。他总不会把我——他的创造者,为他服务十八年的元濑是空医生——当作早餐吧?我惊喊:"今贝先生,今贝先生,你要干什么?你疯了吗?"

他不回答,两只巨眼带着高烧病人般的明亮。他仍在把我向前送,向黑洞洞的巨嘴中送,于是我知道了答案。没错,他是要吃我,他已经疯了,这个天下第一贪吃的家伙仅仅饿了两顿就神志不清了。所以，这会儿不是今贝在吃我，而是他的贪婪本能在吃我。

不过，不管是哪个今贝在吃我，对我来说结局都是一样的，我可不想落到这堆胃肠中，被消化成粪便。我狂喊着，尽力挣扎。好在他的手指并没有紧握住我。而且，因为这具身体太庞大，他的动作反应很慢。人的无髓鞘神经传导速度为每秒几十米，像他这样三四十米长的胳膊，神经兴奋从大脑传到手指至少得一秒钟时间，比我慢多了。就在我被送入大嘴巴时，我敏捷地挣脱，从他的掌缘跳出去。可惜我昏头昏脑地跑错了方向，我踩着软绵绵的东西向前跑（后来才想起那是舌头），正跑着，忽然脚下一滑，掉进一个黑色的巨洞（喉咙），头顶是巨大的钟乳石（小舌）。这儿非常湿滑，我站不住脚，顺着一个比较细长的洞子（食道）一直往下滑。这个过程非常漫长，漫长得我足以清醒，知道了自己的悲惨处境。我被恐惧魔住，冻结了思维。最后我跌入洞底，落在一堆黏液中，周围是浓烈的酸臭。我知道这是他的胃，我就要在这儿被胃酸分解，变成氨基酸和果糖，然后成为这个庞然大物的一部分，加入对地球资源的狂热吞吃中。这个前景使我特别不平，我宁可被鲨鱼吃掉也不愿是这个下场。我绝望地喊着，用力去撞、去踢四周的胃壁，但对方漠然不应。

很快，我就要在酸臭的空气中休克了，但顽强的求生本能支撑着我，我决定向上攀爬逃生。好在这具身体是平躺的，所以细长黑暗的食道只有不大的坡度。我没有犹豫,用指头嵌在脚下的肉壁里,努力向上爬。爬啊,爬啊,我的四肢痉挛了,思维麻木了,真想倒下去,永远睡在黑暗中。但求生欲还醒着,就像是暮色四合中远远的一盏孤灯。事后回想起来我甚至颇为自豪,虽然今贝无彦的占有欲天下独步,我的求生欲也不遑多让吧?

我爬到了喉头,这儿的坡道比较陡峭。但空气已经比较新鲜,让我的精神恢复了一些。我尽力抓住他的小舌,爬到他的口腔里。现在,透过他半开半闭的齿缝,我已经能看到天空中的晨曦,看来逃生有望了。我很怕他在最后的时刻反应过来,等我正爬过他的牙齿时咔吧一声把我咬断——也许他一直静卧不动就是在等那个时机?但我已经实在没有气力从他鼻腔处爬出,那个孔洞太陡了。我只好狠下心,沿着他的舌头,悄悄爬过他的下牙,谢天谢地,他仍没有动作。我站在他的下嘴唇上往下跳,嘭的一声,落在他的胸膛上,我立即没命地往外跑,想跳到海水中,免得再度让他抓住。于是我——且慢,他怎么没有一点儿反应?其实早在我撞踢他的胃壁,或抠着他的食道往上爬时,他就该有反应啊!在中国的《西游记》中,孙悟空在铁扇公主胃里一折腾,公主还疼得跪地求饶呢。我停下来,警惕地观察他,他的确没有一点儿反应。我从峭壁边退回,大胆地爬到心脏部位,趴地上(他的胸膛上)仔细听,听不到心跳的声音。而在过去,他的心脏响起来就像轮船上的二冲程引擎。

原来，他死了。大概就在我落入他喉咙的那一刻就死了，难怪他对我的折腾没一点儿反应。他怎么死的我不知道，不像是被我噎死的。但不管怎样，我的心回到肚里了。晨光逐渐明亮，我打量着他的遗体，这一堆山一样的死肉，不免颇怀惆怅。这个庞大的生命毕竟是我创造的，是我十八年的心血所系。十八年的心血落了这样一个结果？

　　上午，我一直坐在他的胸膛上，陪着他，感受着他体温的逐步降低。风浪平息了，"今贝岛"在微波中微微荡漾。四周的天空蓝得透明。快中午时，地平线上出现一艘船，不是我盼着的给养船，是警方带来的一艘货轮，他们来补行昨天的拘捕程序。当然，看了现场情况后，拘捕是不必了，警方的任务转为对今贝横死案的调查。作为唯一的在场人，我被仔细盘问了很久。这是警方的例行程序，必须首先排除唯一在场人的嫌疑。

　　随后，警方召来了法医，法医是乘飞机赶来的。法医很快查明了今贝先生的死因——他抬头吃我时，动作过猛导致脖颈折断。并不是被我所杀，也不是被我噎死的。根本原因仍是他的体重，他60米长300吨重的身体，即使在水里也过重了，所以引发了该结构体的自我崩溃。

　　法医轻易排除了我的嫌疑，我对他感激莫名，不过感激很快转为恨意。因为——这个糊涂的、自以为是的家伙得出了错误的死亡时间：二〇一三年十一月十五日二十二点至二十三点。我向他提出异议，大声同他争吵，我说他明明是今天凌晨零点之后死的，因为他死前还想吃我，而在此前我看过表，是零点五分。也就是说，他绝对是在过了周年之后死的。我苦苦求他重新检查，我说："像他这么大的块头，尸温下降比较慢，如果你得出的死亡时间比真实时间晚，我还可以理解，怎么你会得出更早的时间呢？"

法医用怜悯的目光看我，对我的要求置之不理，不理解我为什么会为此大吵大闹。他一定认为我在这特殊的环境下丧失神志了。他们把我撇在一边，开始商量对尸体的处理。既然人已死，他们不准备再拉回国，因为国内没有足够大的火化炉，拉回去也难于处理，总不能先把他大卸八百块再火化吧？更甭说按老风俗封缸土葬了，世上没这么大的缸。最后，他们决定把他先留在原地，然后征求家属的意见，看是否同意就地海葬。估计家属会同意的，否则他们就得花一大笔丧葬费。后来，他的殡葬颇费周折，家属倒是同意了海葬，但海洋中的食腐动物都对他不感兴趣。这是后话了。

警方的海轮启程回国，我自然也跟着返回，继续留在今贝身边已经没有任何意义。临走我站在船头，同那位地球上有史以来最巨大的人类告别。我已经没有心情再同法医争论那个错误的死亡时间，虽然就因为这一两个小时的误差，我无法得到西铁集团20%的股权。

现在我考虑的是，明天到哪儿找工作养家糊口。十八年来我一直拿着低工资，没有攒下一分钱，连脑外科医生的专业也丢了。当然，我是世上唯一能进行移脑手术的医生，但不知道这种屠龙之技还有没有用处。也许，我还能找到一个新主顾，一个不愿缴遗产税的老年富翁？但愿我能很快碰到一个，但愿他的脾气不是那样乖戾，但愿吧……但不管怎样，这回我有了经验，不会再要股票的期权，一定要他给我高额的现金工资。

为爱德华生个孩子

孙望路

一

今日新闻榜：

1. 热播剧《私生》主角康诺特承认出生传闻；

2. 自由党党魁爆出黑金丑闻；

3. 法玛尔爆发逆转，海神队奇迹晋级半决赛。

为爱德华生个孩子。玛利亚觉得那女孩的脑袋一定是进水了。

玛利亚今天没有空儿关注新闻，事实上繁重的工作使她与社交网络绝缘。至于究竟哪个党派又做了些什么事情，与她完全无关，反正他们都是一丘之貉——政治献金、性丑闻再加上出格发言。虽然她已经有钱迁往富人区，但出于工作需要，依旧居住在老鼠村。

一间大约 30 平方米的门面房，除开门面室，有一间准备室和两个隔间。准备室里堆着杂七杂八的东西，留给工作人员的空间只有一个身位，小到医用棉签，大到辅助支架，一应俱全。

在两个隔间中各有一张病床，少许血迹仍印在被单上，而墙角早就成了暗黑色。

玛利亚考虑是不是该重新刷一遍墙了，要不然病房看上去越来越像中世纪的拷问室，这会把潜在的某些顾客吓跑。她接办的业务很广，这是能够在老鼠村赚到钱的关键原因。大到切除手术，小到拔鱼刺，反正只要是患者提出的，她都能接。

当然，如同大多数人诟病的那样，她并非专业医生，只不过为风流成性的前夫担任过一段时间的护士。不过这年头儿，她有自信在某些方面超越所谓科班出身的正统医生。当然，如果那些患者能够寻求正规医院的帮助，也不会来到这里。

在药品柜台上趴了大约三分钟，她打开了能量饮料，咕嘟咕嘟地一饮而尽。到时间了，此刻一个男人在第一间病房里面呓语，那是因为麻药的劲儿还没过去，玛利亚只希望他别在失去药效后鬼哭狼嚎。而另一间病房里，一个即将生产的女人，正在发出急促的喊叫声。

"我……在飞啊……你们都看着我呀！"刚刚结束手术的男人在呓语。

玛利亚意识到忘了关门，于是急忙带上门。接生这种工作是最累的了，今晚她没有时间再接待任何一个病人了。

做完所有准备，她进入临时产房。孕妇很年轻，打扮时尚靓丽，也并非老鼠村的人。当然如果她是老鼠村的人，恐怕不会说出"为爱德华生孩子"这样的蠢话。也许是上天诅咒了外来人，她知道外来人在这里生的孩子存活率非常非常低，反倒是老鼠村的那些穷人妇女的孩子活得好好的。

很不幸当然也可能是很幸运的，孩子才 8 个多月大，这意味着可能不需要剪开阴道口。玛利亚这里没有适合分娩使用的麻药品种，光剪开那一下，估计很多娇生惯养的年轻母亲会吓得晕过去。话说回来，玛利亚可不喜欢做剖腹手术，在老鼠村的卫生条件下，伤口感染概率太高了。

她伸出手，仔细检查胎位，然后用听音器听了听胎心。虽然孩子出得早了一点儿，但是大体上正常。虽然艰难了点儿，但她会尽力帮助这个可怜的孕妇，当然，费用很高。

"我……在飞啊！"隔壁男人的哼哼声还是那么难听，透过没有关紧的房门传进来。

孕妇此刻咬着毛巾，努力压抑着疼痛。宫缩如同看不见的魔鬼，在反复折磨着她。第二产程，对于一个初产妇来说，简直如同在鬼门关走了一遭。任何一个男人都无法体会到这种感受，所以在完全体外胚胎培育技术成熟之前，女性权利争取者们总会拿生育说事。

玛利亚再次检查，胎头正在往骨盆出口下降。这一过程还需要持续很久，然后胎儿会内旋转，胎头才能以正确的角度出来。

男人的叫声让她有点儿烦躁。她噌地把门关紧，但声音还是透过墙壁的阻隔，和孕妇沉闷的呻吟声汇成一曲奇特的交响乐。

"加油！"她轻轻抚摸孕妇的肚子，抓住孕妇的手。

那只手掐得玛利亚生疼，精心装点的指甲在她粗糙的手臂上留下四道血痕。因为疼痛刺激，她感觉注意力回来了一点儿。不过几分钟，她用力掰开孕妇的手，塞给对方一大块海绵。

隔壁男人的声音被孕妇压制住了，她不再满足于咬住毛巾。比起同时代的大部分女人，她要勇敢得多，虽然这种勇敢更多源自无知。她从来没预料到会如此无助，即便如此重要的时刻，陪伴她的只有一名唯利是图的地下黑医生。

在玛利亚听来，她是在唱歌，一首生命之歌。与那些光会惹是生非而不负责任的男人不一样，她才是时代的受害者，是多么惹人怜爱。刚刚到达这里时，这个女人一脸甜蜜而又信誓旦旦地说要为爱德华生个孩子。

为爱德华生个孩子？哈哈，真是个笑话。玛利亚用屁股都能猜出来这个小女孩是怎么想的，却总是有些人会推崇自然生育。如果没那些白痴，她又怎么能赚钱呢？

位置正了，但是看起来还是受到了阻碍。玛利亚试了好几下，最后还是临时决定做了剪切。手术剪轻轻剪开下阴，鲜血如同泉水一般溢了出来。她不敢下手太重，那会划到孩子的头。所以，解决方法只有一个——边剪边撕。这种撕裂的痛楚让产妇尖叫了起来，仿佛演唱会的高潮颤音。

终于，她把孩子拉了出来。那是一个男婴，满身血渍和羊水。她用温水清洗孩子，顺手剪掉脐带。母亲也长松了一口气，接下来是第三产程，但比起第二产程轻松多了。

就在此刻，隔壁的男人突然号叫了起来："疼啊，疼啊！谁来给我来点儿！爸爸！妈妈！求你了！求你了！"凄厉的声音简单粗暴，惹得产妇都紧张了一下。

看来麻药的劲儿过去了。玛利亚叹了一口气，但她忙不过来了，就让那家伙继续叫着吧，反正最多疼晕过去。男人大多是浑蛋，她一点儿都不会觉得愧疚。

胎盘取出，玛利亚为产妇缝合上外阴。缝得有点儿粗糙难看，但没关系，这姑娘会有钱去做个整形的。在产妇的呼吸声和隔壁男人的号叫声中，她长出了一口气。

二

今日新闻榜：

1. 生进委贾马尔新发声：谴责自然生育非道德；

2. 康诺特再回应：不愿想起"私生"；

3. 哈里斯低迷，猛狼队再失赛点。

人类生育进化委员会主席贾马尔先生不是第一次面对这样的场景。在长达一百一十四年的人生之中，他起码出席了两千次记者会，与无数提问犀利的记者谈笑风生。记者会全程直播，可容不得任何口误。

一名记者举手提问："贾马尔主席，请问委员会是否会禁止自然生育？"

他连续点了两下头："好的，关于这个问题我已经说得够清楚了。委员会从来不会禁止自然生育。毫无疑问，选择自然生育是符合宪法自由精神的。委员会不可能也不会禁止任何一个宝贝从他母亲的子宫里爬出来。但问题是，自然生育究竟是否符合道德呢？"

记者们紧张地盯着贾马尔，期待他继续演说下去。

主席露出一个自信的笑容："自由地选择很容易，但是代价很大。现在的情况是，我们并没有任何的人员受过自然接生的培训。而剖宫产这一助产手段，经过两百年的实验论证，已经被认为是严重威胁产妇和儿童健康的了。我想各位必须明白，如果有人打算自然出生，那他必将面临这个很实际的问题。这是在拿孕妇和孩子的生命开玩笑！这本身是极不道德的！"

另一名记者急忙问道："那么，如果有自然出生的孩子，是否能给予其正式的身份验证？"

贾马尔摸了摸他那挺拔的鼻子，旋即口若悬河："关于这个问题，委员会从来没有禁止过自然出生孩子的身份验证。但问题是，自然出生的孩子，由于其本身处在一种……"他用手使劲比画着，突然不知道该用什么词汇好。

"总之非常危险的环境，其基因健康度没有经过评估，出生后也无法保留脐带血等重要依据，导致我们的工作非常困难！并非我们以及各级机关不同意身份认证，只是相应的责任究竟由谁承担？"说到这里，贾马尔主席似乎更加义愤填膺，"我想说的是，这是一种不道德的行为！如果有基因缺陷，这个孩子将会为社会带来多大的负担？如果是超生，他们将挑战生育调控政策，诱发不公平！如果没有那些原始的资料，我们如何把这些孩子纳入本就不够完善的医疗保障制度？"

"总之，您认为自然生产是一种不道德的行为？"记者追问道。

贾马尔用力地点了点头："我知道这很让人悲伤，很让人难过，很多人都喜欢提倡所谓自然的做法。但既然生活在社会，所有人都应该为社会考虑。现有的生育方法是人类最大的创举，它将结束人类不平等的历史，消除男女性别的差异！女性再也不会因为生育而被男性权利绑架了！还有，你们都知道的，现在不是几十年前，我们有了完全体外胚胎培育，也有了最佳的基因优化编辑。选择自然生育是历史的倒退！"

"那么，请问您对最近康诺特先生承认'私生'身份有什么看法？"

"私生"就是指未经专业机构基因编辑和体外培养，自然出生的孩子。这些孩子成了新时代的私生子，时不时地引发一些社会问题。只不过这一次引发问题的私生子，恰好是一名有传播效应的公众人物。

他笑着把头撇到一边，然后对记者们挤眉弄眼："这和我们的工作毫无关系。我得承认，康诺特先生在剧中惟妙惟肖地扮演了一位因为自然出生而遭受身份认证困难以及社会歧视等问题的青年。现在，我明白他为什么能表演得那么好。但是各位先生，请你们思考一下，如果康诺特先生无法获得身份认证，他怎么可能作为一名演员出演那么多作品呢？某些人依靠一些不实际的虚构故事，就肆意攻击我们机构的工作，我们表示非常困扰。"

发布会终于结束。贾马尔在保安的保护下缓缓退场。他打开手机，看到家人给他留下的信息。重孙子爱德华张口问他借50万元。爱德华已经是个大孩子了，也应该有点儿自己的想法。

相比于那些生育机构给他进贡的钱，50万元只是微不足道的小数字。几乎毫无迟疑地，贾马尔同意了。

三

今日新闻榜：

1. 女性权利阵线爱丽丝发言炮轰贾马尔；

2. 黑金丑闻发酵！工党再中招！

3. 数十名女球迷裸身拉横幅声援爱丽丝，遭猛狼队主场保安驱逐。

"必须为爱德华生个孩子。"即便是在梦中，费玛仍然在重复这句咒语。

她梦见自由的田园，一座农场小屋，爱德华刚刚骑马回来，下马轻抚孩子的脑袋。她和爱德华牵起孩子的手，走向餐桌。

一百多岁的外婆像钟一般坐在那边，咖啡只喝了一半，慈祥地看向这一家三口。

这才是她梦想中的田园时代，古朴，但更关键的是自然。人类不是一种可消耗的工业资源，而是互相羁绊关联的生物。她和爱德华都曾经是激进的自然主义学会的成员，只有回到这个时代才能解决一切问题。

但是，事情起了变化。田园被黑雾笼罩，工业的洪流滚滚而来，费玛看到无数的人拥挤在昏暗的工厂里，忍受着油污和废气在工作。再然后是信息时代，自动化取代了一切，人类作为可怜蛋们，就连在工厂工作的机会都没有，他们三五成群，在城市里点燃篝火。再然后，费玛坠入她最熟悉的世界，人类从培养皿中出生，大多数父母在他们出生之后就撒手不管，只是为了躲避所谓非生育税。

费玛的遭遇甚至比这还要凄惨，父母的刻薄言语伴随着她的前半生。但事实上他们没有说错，只不过是把世界的真相提前暴露给无知的孩子。尽管世代仍然在延续，但只不过是把绝望代代相传。费玛要找回自己被否定的人生意义。

费玛再次看到了爱德华，他们在图书馆里第一次约会。爱德华是带着金钥匙出生的人，却和她志趣相合。他们一起加入了学会，爱德华支持她的写作，几乎全方面的。这让费玛更加坚信自己的理论。在不长的人生中，她终于有了一次机会证明自己。而挑战世界的方式也简单至极，她要为爱德华生个孩子，自然出生的那种，不是工业产品的那种，真正属于他们的那种……

爱德华面孔冷若冰霜，带着醉后的疲惫和挣扎后的绝望。他的嘴唇做出了几个形状，绝望的话语如同利剑一般刺痛内心。

他否定了一切的意义，但否定不了她的抗争。带着爱与意气之争，费玛咬着牙："我要为爱德华生个孩子。"泪水从费玛的眼眶中涌出，她看到镜子里因为生育而略显臃肿的身体，再看向熟睡的孩子。这一切都是值得的，不管他是谁的孩子，是爱德华的还是其他任何人的，甚至何种生产方式也不重要。这是她的后代，连着心的血脉。

玛利亚叫醒了熟睡之中的她："醒醒，我得提醒你，你得和你的孩子出院了。"

年轻稚嫩的母亲揉了揉眼睛，眼神如同惊恐的小鹿。她在睡着之前还在等着爱德华的回复，只是身体实在太疲惫了。她哀求道："请不要赶我走，我付得起医药费。"

玛利亚面庞冰冷："没错，我不怀疑你付不起。但我的诊所实在太小了，病人又太多。你总不想坐在门口再听一次分娩吧？所以抱歉，您是叫什么来着？"

年轻的女孩说道："我叫费玛，是丹顿中学的……"

诊所经营者再次打断了女孩的话："我不会关心你是从哪里来，也不关心爱德华是哪家的爱德华。那些隐私你可以和你的闺蜜深情分享，但在这儿，我只关心钱。当然我可以提供一点建议，如果它们能够帮你打消搬出去的顾虑，让交易变得更加快捷一点儿。"

望着逼仄的生活环境，还有只被简单照顾的婴儿，费玛也陷入了深深的恐惧。面前这个女人在她走投无路时帮了她，但现在却要赶她走。她必须问出点什么，为了保住她与爱德华的孩子，"他的情况如何？"

玛利亚望向那个早出生两个月的孩子，欲言又止，按照她的经验这个孩子活不了太久，但他不能死在这里。在女孩眼神的逼迫之下，她只得开口："说实话，他很虚弱。当然，营养的问题光靠时间可以解决。更多的问题在于，他可能抵抗力太弱，非常容易患病。而且你知道的，某些易患病的疫苗早在几十年前就停产了。"

费玛望向那可怜的孩子，疑惑地问道："哪些病？"

"白喉、百日咳、感染性肺炎、脑膜炎之类的，如果是完全体外胚胎培育，他们会把抗体直接在胚胎期就直接诱发出来，孩子一生都不会患病。如果使用疫苗总是有可能失效，所以原则上来说，除了私生的，任何孩子都不会患上这些典型病。那些疫苗在黑市上有时会有，有专人从东方国度走私进来，但价格远超想象。"玛利亚如是说道，完全不在意这些话可能吓到这个小可怜。

费玛抓住了玛利亚的手臂，那上面还有她的抓痕："大夫，求求您，请问我有什么办法能避免呢？这是爱德华的孩子，我不能失去他！"

"没有可能完全避免，只能说尽量减少。"玛利亚说着，听到了门铃声，看来有新的病人要来了。她走出去了一会儿。

费玛担忧地看着孩子，又望着门外，焦急地等待医生回来。她在胸口画着十字："愿主保佑！"她爱这个孩子，要不然不会选择把他生下来。她很喜欢爱丽丝的发言，觉得愿意把孩子亲自生下来更是爱。虽然现实让她有点儿难过，孩子的父亲除了钱之外，没有给过她一点儿帮助。经历了那么多的痛苦，她终于收获了一个新生命，她将好好对待他，爱他，而不像她的父母。

大约十分钟后，玛利亚一脸焦急地回来了。她吵吵嚷嚷着要让费玛快点儿："快点儿，新的病人来了，是传染病。你和你的孩子不适合再待在这里，请你们快点儿付钱离开。当然，我承诺过给你建议，你最好寻求家人的帮助。"

费玛急忙说："如果不能呢？求求您了，我有钱，请告诉我怎么做？"

玛利亚叹了口气："租一个干净的屋子，找个有经验的用人帮助你。很贵，不过好在我恰好认识一个家伙！"

费玛只好穿上衣服，然后抱起自己的孩子。她的身体还不是很舒服，拆线后还疼着。但怀中的孩子是她最大的动力，她从诊所走出，在老鼠村村民的旁观下缓缓步行。一个干净的屋子？绝对不能在老鼠村，这里的环境太恶劣了。

她要保住为爱德华生的孩子，只有去找玛利亚口中信得过的人了。

走了几百米，她终于找到人工计程车。车身搭载着自动播放的广告，是最有名的体外胚胎培育机构的广告，广告词是"Have the best one"。费玛觉得那才是不对的，孩子的基因就像玩具一样被父母随意决定，那样生出来的孩子更像是父母的玩物。她的孩子不一样，是她自己生出来的。

她不能坐自动计程车，那样孩子会作为无身份识别的人而被发现的。坐上有人服务的出租车，她结结巴巴地说出一个地址，出租车呼啸而去。

四

今日新闻榜：

1. 爱丽丝再发声：质疑，质询；

2. 生进委公布调查结果，超 9 成女性不愿自然生育；

3. 海神、猛狼两雄备战，世纪之战一触即发。

出租车没有停在费玛说的地方，反倒是来到了一座郊外的高尔夫球场。

这场会面对于会见双方来说都不是非常愉快。更何况贾马尔的日子不好过，却还必须得抽空出来解决家人捅出来的窟窿。

他的各种联系方式都被记者们给挤爆了。他已经下令，在讨论出结果之前，任何内部成员都禁止对外发话。

爱丽丝立刻出来唱反调是肯定的，只不过她的煽动能力比想象中还要强大。在调查结果公布一小时内，爱丽丝的质疑文就登上了新闻榜第一位。而更多的人是看了她对调查的冷嘲热讽之后，才回过头去看调查结果。这样会让贾马尔的辛勤工作显得有些可笑。

贾马尔觉得自己有点儿跟不上时代，提倡女性使用体外胚胎培育这一观念一直是政治正确的表现，但此刻却被各方揶揄。

果然媒体见风使舵，见缝插针。但他坚定地相信着，不会有多少妇女愿意真正去自然分娩。

但此时此刻，他面前却有一名以自我意志进行自然分娩的女士，而且更糟糕的是，她和爱德华有染。这事情如果被爱丽丝知道，那乐子可就大了。

"我是贾马尔，爱德华的长辈。"贾马尔停下击球的动作。

费玛保护着孩子，显得战战兢兢："我知道你，爱德华有提过。"

贾马尔的眼睛直勾勾地看着孩子："我知道你们的事情，只是没想到会发展到今天这一步。是叫费玛对吧，多少钱？"

"这不是钱的问题。"费玛猜到了对方的用意。

贾马尔阴险地笑了笑："这确实不是钱的问题，因为如果出了差错，就不知道是谁完蛋了。我知道你和爱丽丝从理念上接近，可是你真的了解爱丽丝吗？费玛，千万别做不可挽回的事情。"

就在此时，贾马尔接到了紧急通信，他急忙让下属送走费玛。通信来自他所属的政党领袖里格斯："贾马尔，你干了几十年了，是不是想退休了？"

"不是不是，这次的事件有点儿棘手。"他急忙解释道。

里格斯总统并不接受这样的解释："棘手？贾马尔先生，因为你的拖累，我们的网络支持率已经掉了3个百分点。你难道认为太太们的投票毫无影响力？"

"您说得对，我会妥善处理的。"

"好，我等着看。如果你没能处理好，你的某个副手会取代你的。"里格斯说完就结束了通话。

贾马尔一身冷汗，如果他真的失去了职位，那就意味着这么多年的成果都将送给别人，那些企业给的现金也将不会流入他的口袋。那可是真金白银啊！

这怎么可以呢？他恶狠狠地骂着罪魁祸首："可恶的女人！什么女性天生的权利！滚！滚！滚！"说着，他拿出爱丽丝的宣讲材料，狠狠撕成了碎片，还不忘踩上几脚。

但贾马尔并非毫无应对的办法，他在生育进步委员会工作了这么多年，积累的一手材料可比任何博士读的文献都厚得多。问题是肯定存在的，但是解法看立场。好在，贾马尔的立场使得他不得不去寻求改变，最起码改变姿态也行。

至于费玛，只要处理得当就不是一个大问题。想到这里，贾马尔拨通了另外一个电话。

五

今日新闻榜：

1. 贾马尔发布会事件频出，爱丽丝不予置评；

2. 生进委公布新数据遭质疑，评论家称绝不可能；

3. 球队核心将缺阵关键之战，猛狼队或陷入绝境。

费玛果断拒绝了贾马尔派专人送她回去的想法。她可不敢确信，这些走上政坛的技术官僚能有多少道德。

但是她确实无依无靠了，她抱着孩子，上了一辆新车。贾马尔会不会跟踪她？究竟是谁出卖了她的出行情报，又或者玛利亚早就把孩子出生的事情告知了贾马尔？

噢不，真正的问题出在爱德华身上，为了让爱德华回心转意，费玛从未向爱德华隐匿任何信息。只可惜，爱德华在阅读了简讯之后却没有任何回复，就连一句安慰都没有。

但费玛并没有因此而绝望，她抱着孩子，知道这个小家伙所具有的独特魔力。只要有一天，爱德华能亲手接触到孩子，他一定会改变的！

她再次振作了起来，然后命运也为她敞开了方便的大门。因为，她发现了自己的同学艾娃。

艾娃也是学会的成员，以擅长辩论著称。不过，她现在的身份可不一般，她很早就和爱丽丝一同行动，现在也是个有名的意见领袖。只不过，她们最终还是因为意见不一而分道扬镳。

艾娃也注意到了费玛，她颇为不相信地问道："费玛？"

费玛开心得简直能流出眼泪："艾娃，是我。"

艾娃看到了她怀中的孩子，表情变得古怪了起来："费玛，你真的去自然生产了？"

费玛骄傲地点点头："是啊，是爱德华的孩子，你看，这孩子看起来多像他。"

"真像，哇，好可爱。"艾娃热情地回应道，"你在这里做什么？"

"我……"一想到现在的境遇，费玛伤心地哭了起来。她断断续续地讲述了自然分娩的磨难史，说得艾娃都忍不住要流泪。

艾娃终止了费玛的哭诉："很好，悲伤的时代该结束了。费玛，跟我走。"

她们一起去了艾娃的家，实际上也是她的办公室。不大的墙上贴满了各种便笺，费玛看了瞬间感觉大脑缺氧。

费玛好奇地问："这些是什么？"

艾娃笑着说："关于生育产业的调查。你说的地方我也调查过，只不过那边的人疑心病重，为了获得他们的信息，我稍微牺牲了一下。"

艾娃指了指一张 B 超片："它如果生下来，现在应该一岁多了。"

费玛捂住了嘴巴，胃里面似乎有东西在翻涌："为什么……"

"因为它是个死胎。费玛，你可能不太清楚，自然生育究竟有多么困难。"艾娃从费玛手上抱过孩子，"所以他简直是个奇迹，属于你和爱德华的奇迹！我们必须保护好他。"

这句话说到费玛的心坎上，她急忙拉着艾娃问道："你能帮我吗？"

"嗯，我认得一位专业人士，她是我调查产业的时候认识的。费玛，我估计你也还没有住处，我的表亲应该在寻求出租他的房屋，我能帮你的就只有这么多了。"

费玛喜极而泣。

艾娃麻利地安排好后续的事宜，但费玛早就睡着了。担惊受怕了好几天，她终于可以安心睡个好觉。这一觉她睡了6个小时，直到孩子的哭闹声传来。刚刚醒来的她就闻到餐厅传来的食物香气，原来是艾娃下厨做了一顿大餐。

费玛感觉生活一下子回到了一两年之前。她和艾娃谈天说地，说着说着她们谈到最近爱丽丝的做法。尽管大家的观点已经开始稍稍有些区别，但也能愉快地交谈下去。吃饱饭，她和艾娃抱在一起，享受离别前最后的宁静。

"他是哪一位？我认识吗？"费玛问出了一直想问的问题。

艾娃有些躲闪，但扭捏一下之后就放开了。她起身走到电脑旁，找出一个小盒子。

盒子里有好几张照片。

艾娃拿出了那张照片，带着炫耀的意味说："是他。"

费玛不可置信地捂住了嘴巴："这是康诺特？那个有名的演员？"

艾娃摇摇头："他可比康诺特小了二十多岁。康诺特火了之后，他才出生的。"

"可是他们真的一模一样吧？"

"其实还是有些不一样的。"艾娃在照片上指了好几个位置，又调出来康诺特刚红时的照片对比。那差别小得几乎可以用显微镜来看。

艾娃说："康诺特的长相也快烂大街了。现在你去找二十岁到三十岁里面的男人，起码有三分之一长得和康诺特一模一样。因为他们出生的时候，康诺特的外貌刚刚红遍大江南北。当然，我其实更偏好大龄的男人，你看看这个。"

"哇，这不是杰诺斯·梅里吗？"费玛如同发现新大陆一般，翻找艾娃的收藏。

艾娃说："这就是明星和生育产业的联动。要知道，现在甚至有很多父母，就光光为了有个和明星一样的孩子，就去定制基因方案，要一个特定长相的孩子。"

"但这不符合规定啊！基因编辑法明确规定，任何基因改善不能单纯地基因复制，为了保护多样性，他们做出了规定啊！"

"是啊！所以他们会在客户的要求下对外貌进行微调，微调的效果你也看到了。"艾娃很认真地说道，"微调过！严格来说，他们也没有犯法。所以康诺特这事情才特别引人注意，某种角度来说，他在砸自己的饭碗。"

费玛陷入了深思，在她的心里，康诺特已经是勇敢站出来的勇士了，但即便如此，又能怎么样？在巨大的产业链条面前，个人有影响力又如何?

不要想那些复杂的东西了,费玛现在只需要考虑她和她的孩子。

六

今日新闻榜:

1. 争议判罚引球迷冲突,已有 300 人受伤;

2. 共和党提出修改生育法,反响热烈;

3. 里格斯总统支持率突升,或有机会连任。

费玛感觉好多了,但是她的孩子依旧虚弱。

事实上,虽然不愿意承认,但她知道孩子确实生病了。一想到有可能失去他,她就无法抑制住泪水。她无法接受,他来的时候伴随着那么多痛楚,难道就这样离开世界吗?

那块肉和她仿佛有某种内在联系,这种感觉和她与她父母之间完全不一样。费玛到现在都记得父母亲那表情各异而缺乏温情的脸。他们从来都不亲近她。

这段时间,她多次尝试联系爱德华,尝试唤醒他对孩子的责任感。她相信,只要体验了这种血浓于水的感觉,他一定会回心转意的。但他没有回复，即便他偶尔不小心接通了电话，也多半是说"求你别骚扰我""我们完了"之类的话。

孩子由房主兼保姆照顾着，雇用她和租房子花去的钱比住在小诊所一天贵一倍多，不愧是专业人士。费玛只求孩子能够在照料下活下去，起码活到她鼓起勇气宣布之前。

身份认证，这是一个大问题。没有身份认证就等同于偷渡的外国移民。费玛最近听保姆说起才知道看起来简单的身份认证原来那么复杂。有很多材料她都无法提供。这意味着将有一笔非常大的罚单。

只要等孩子身体好一点儿，费玛会好好考虑到哪儿找钱，也许爱德华会出这笔钱，而且他的高祖父就是委员会主席贾马尔，如果他愿意求贾马尔，肯定有办法的。如果那个浑蛋不愿意，那她也会想其他的办法。

今天的新闻里，好多党派意识到了基因编辑过度的问题，但他们提出的新修改方案却全是更严格限制基因编辑的问题，只字不提自然生育权利的保障。唯独爱丽丝的女性权利阵线为自然生育的权利奔走。她衷心希望，等过一段时间，她的孩子会因为新法案而得到保障。

就在这时，保姆拿着一瓶注射剂走进来。她告诉费玛："看样子他病了。按照我的经验，如果病程发展得快，恐怕不会超过3天。"

"求求您！您有什么办法救他吗？"费玛握住她的手，恳求道。

保姆思索了一会儿："我找玛利亚要了点儿药。我事先声明，这些药对婴儿来说，还是挺危险的。如果不幸救不回来，我可以帮你处理尸体，只需要一些……"

"求求您了，别对我说这些可怕的事情！如果真的到了非用那些危险的药的时候，请告诉我好吗？我肯定会愿意试一试的，只要有可能救他的命！"

保姆无奈的表情一闪而过："好吧，善良的女士，我会尽我全力的。您雇用了我，我会希望雇用期足够长的。"

说完话，保姆就出去了。

费玛辗转反侧，她该怎么办？孩子还很小，那些药品到底有多危险？从保姆的话语中，她发现了一个更可怕的信息——似乎对方很擅长处理夭折的婴儿。处理掉婴儿的尸体，这几乎等同于谋杀之后帮忙掩盖罪证，已经触及费玛的道德底线。她不想去怀疑艾娃提供的人选，但失去孩子的恐惧让她不得不心生疑虑。

等到那一天，她会怎么样？爱德华不承认这个孩子，他现在只想撇清关系。最初的甜言蜜语都是谎言，她为爱德华生的孩子毫无意义！如果真的死了……

不行不行！她不能这么想！她的孩子会好好地活下去的！那天不会到来，死都不会到来的！她现在爱这个孩子，很爱很爱。

现在不是顾忌名声的时候了，她不能容忍孩子受到不专业的照顾。下定了决心，她偷偷抱起了孩子，走出门，到正规的医院里去。无论他们要求什么，她都会答应的。

七

今日新闻榜：

1. 竞选辩论再出火花，里格斯怒斥爱丽丝；

2. 多党联合署名宣言，坚决抵制生育绑架复苏；

3. 最后挣扎！爱丽丝公布 32 家医疗公司政治献金去向！

他的身体太凉了！太凉了！

费玛抱着他，用体温温暖他。为什么抱了这么久，他还是那么冷呢？就像是那个下午，爱德华那个浑蛋冰冷的手一般。

她号啕大哭起来，直到流不出泪水。医院拒绝接收没有认证的孩子，他们说没有条件照顾可能有身体缺陷的自然生育的孩子。她只能带着孩子回来，一直坚守到这一切发生。

保姆不耐烦地说："费玛女士，请节哀顺变。后面可以交给我们处理，绝对不会出问题的。"

"什么？别老说不吉利的话！"费玛吼道，"你给我去配营养汤去！他很快就会饿了，要喝我的奶水！"

保姆耸了耸肩，退出门外。

费玛再次哭了起来，干号声足以穿透两道墙壁。她知道的，她其实明白的，孩子已经死了，不是吗？其实从医院拒绝接收他开始，他就已经没有希望了。

现在无论她怎么摇他，他都是一样的表情。那具弱小的躯体越来越僵硬，就像潜藏于她心中的恐惧越来越大一样。

夜晚好长好长。孩子死了，爱德华肯定再也不要她了。纤细的尸体被随意丢弃在乱葬岗。这一定是一场梦，她会醒过来的！

八

今日新闻榜：

1. 死婴案震惊全国，当事人被捕忏悔；
2. 贾马尔因爱德华丑闻引咎辞职；
3. 里格斯拜访费玛，称死婴案是改革良机。

费玛所不希望的一切都发生了，世界是如此惨淡无光。一个绝望的母亲，能做的也只有报复。当费玛终于想说服自己孩子真的死了之后，她做的第一件事情就是报警，然后通知了媒体。警察随后追查到了他们试图销毁死婴尸体的真相。

自从案件爆发之后，费玛突然成了名人，每天来拜访的政治家络绎不绝。当然，作秀的成分很多。每当她看到那些家伙听着她的讲述，然后流下几滴虚伪的眼泪，总觉得有点儿荒诞。

今天，她收到了贾马尔的拜访申请。尽管非常不欢迎他，她还是接受了拜访，因为爱德华。她想知道，爱德华会不会带话给她。

他们简短地谈了几句，然后就进入了"战争"状态。

费玛嘶吼道："没错，我就是你说过的，不道德的、导致你丢掉职位的那种人。好的好的，就算我勾引了爱德华！但他没有对我负责，到最后也没来看过我！我为他生了一个孩子！"

贾马尔笑了笑："我之前的发言有所失误，我也会好好管教爱德华。至于你把孩子生下来，那是你的自由。但上一次会面我就想提醒你了，费玛，我想你一定是被女性权利阵线的虚伪宣传给骗了。"

费玛继续说："你是个浑蛋！贾马尔！为什么？既然生育是自由的，为什么不能像爱丽丝说的那样，为我们自然生育的人提供保障呢？我知道的，你一定是拿了那些生育机构的钱！是这样吗？"

前任生进委主席咧开嘴笑了："哦！爱丽丝说得对，她说的才是正确的。可是年轻的费玛女士，大概100年前，就是像爱丽丝一样的一群女人，大喊着要用体外胚胎培育取代自然生育。你经历过自然分娩，自然知道它有多疼。那多疼啊，要冒着生命危险从身上掉下一块肉，我想想都觉得可怕呢！"

"你究竟想说什么？掉一块肉又如何，那些我都经历过了，更恐怖的我都经历过了。"费玛全身都气得颤抖，她非常厌恶这种开玩笑的语气。她应该明白的，她不该同意这场会面，无论是爱德华还是贾马尔，他们只会给她带来伤痛。她的话语是那么无力，愤怒与不甘的嘶鸣如同被笼罩在真空罩里面，没有人听见。

主席笑了笑："你还不明白吗？跟随爱丽丝的那些傻女人里面，有几个是真正愿意自然分娩呢？你知道艾娃为什么最终和爱丽丝分道扬镳吗？爱丽丝那套受苦然后被救赎的叙事也只有蠢货才会真正相信。你什么都不知道啊。看，这是自由的时代，男性生育也不需要被你们女性限制着，换句话说我们根本不需要你们。"

他嘴角缠绕恨意和讽刺，仿佛刽子手举起了斧头："最后我想问一下，费玛女士，你究竟是出于什么打算，要为爱德华生一个孩子呢？"

费玛早就回答过这个问题了，在内心里，无数次地，早就变得不再重要了。她笑着结束了这场毫无意义的会面，她明白自己现在真正需要的东西是什么。

九

今日新闻榜:

1. 野狼队赢得世纪之战,哈里斯荣膺 MVP;

2. 女性阵线初选溃败,爱丽丝发文致歉;

3. 费玛访问 Get Born 生殖中心,女性阵线雪上加霜。

由于对手党派因为前段的丑闻受到冲击,爱丽丝的女性权利阵线也遭遇了滑铁卢,从现在的形势看起来,里格斯和贾马尔所属的政党连任概率非常大。事实上,在习惯胚胎体外培育和基因编辑之后,大部分女性对自然生育的主张也不感冒。

费玛在闪光灯下神思恍惚,差点儿忘了为什么要走入这里。按照母亲的转述,她就是从 Get Born 生殖中心出生的。爱丽丝警告过她,她的行为无疑是从背后给阵线插了一刀。她们那么久的努力全被费玛不经大脑的行为抹消。

"您为什么要出现在生殖中心呢?"

"女性权利阵线的爱丽丝称您的行为为背叛,请问您是否考虑过呢?"

"费玛女士,请问您说要为爱德华生一个孩子,究竟是为了什么呢?"

如果说前面的话都被她选择性忽略了，这一句话却让她一下子惊醒。为什么要为爱德华生一个孩子呢？这已经不重要了。重要的是，她想要回那个孩子，她经历了那么多的痛苦，依旧没能守住的孩子。

主任医师亲自接待了费玛，告知她几天之前的检测结果："费玛女士，首先告诉你好消息，由于你出色的勇气，我们集团决定免除一切费用。我强调一下，是一切费用，甚至租房的租金。但很抱歉地告诉你，我们必须得对你提供的基因样本进行修改。"

免除费用的好消息费玛早有心理准备。但是，他们想要修改基因，他们想再次从手中夺走他！费玛立刻拍桌子，尖叫道："不！他必须还是他！我要我的孩子，请你们还回我的孩子！你们能做到的，不是吗？"

主任摇了摇头："请冷静，看来你对我们的误解很深。我得解释一下为什么。虽然你的孩子是通过交配自然生育的，但提供给他基因的你，还有爱德华先生，来自两家培育中心。"

"你这是什么意思？"

主任指了指插座："就好比说，这个插座是 110V 的，而在国外的插座是 220V 的，如果我从国外带回来一个电灯泡，用在这里就会显得偏暗。同样的道理，如果不是同一家培育中心编辑出来的，基因的排列和组合也很不一样。比如说为了对抗艾滋病，我们使用的是 HVR3818 基因，而隔壁 The One 使用的是 KT42845A。所以，当你和爱德华的基因融合，实际上生出来的孩子是异常脆弱的。即便他得到了良好的照顾，也可能随时死去。"

如果说刚才费玛还怀抱了一丝希望，那么此刻她已经从外凉到了心底："他从来都没有可能活下来吗？"

主任点了点头："我们可以仅仅微调，把所有出问题的部分修改，剩下的还参照你提供的样本。如果你希望再次经历分娩过程，我们也可以勉为其难地进行试管婴儿植入。虽然已经几十年没有做过，但我们有信心做好。这样你觉得可以吗？"

可以吗？她再一次感觉孩子在远离她。不！她必须把他从死神那里夺回来，她想要为爱德华生个孩子。

"可以。"说完这句话，费玛感觉用尽了身体的力量，瘫软在靠椅上。

主任吩咐人拿出来早就准备好的合同，准备签字。

不知道为什么，费玛突然想到了玛利亚，难道她接生的孩子都死了吗？她突然问道："为什么老鼠村里有很多自然生育的人活着？"

主任听完笑了笑："因为老鼠村里很多人世世代代都用不起基因编辑和体外胚胎培育啊！他们比我们低端得多。"

费玛若有所思，在协议末页签上了名字。